Franziska König

Schlichtes Glück

Erinnerungen

Meiner lieben Mutter

TWENTYSIX – Der Self-Publishing-Verlag
Eine Kooperation zwischen der Verlagsgruppe Random House und
BoD – Books on Demand
© Oktober 2020 von Franziska König
Titelbild: Mings Wohnung. Gemälde von Erika König
Zuschnitt: Andreas Rothfuß, Blankenfelde
Herstellung und Verlag: BoD –Books on Demand Norderstedt
ISBN: 9783740766887

Franziska (Kika) mit ihrer Violine – fotografiert von ihrer lieben Freundin Ute Bott aus Rottweil.

„Wenn ich dereinst verstorben bin, so schweigt auch meine Violine!" so denkt sie.
Und drum bringt Franziska alle vier Wochen ein schlankes bis vollschlankes Taschenbuch heraus.
Erzählt werden Geschichten aus ihrem Leben, die von erhöhtem Interesse sein dürften.
Jeden vierten Dienstag um 18.05 wird das fertige Manuskript in die Umlaufbahn entsandt.

Die meisten Vorkömmlinge finden sich im
Personenverzeichnis
Hier die engste Familie vorweg:

Opa, (*1909) Opa mütterlicherseits
Oma Ella (*1913) Omi väterlicherseits
Buz, mein Papa (*1938)
Rehlein, meine Mutter (*1939)
Ming, mein Bruder (*1964)

Vorwissen:

Im Juni des Jahres 1999 verschwand am hellichten Tage eine Frau aus Aurich /Ostfriesland, die auf ihrem Fahrrad mehr als zwei Jahrzehnte lang das Stadtbild mitgeprägt hatte.
Und seither lebte "Rehlein", unsere Mutter, nun bei ihrem Vater "Opa", dem im hohen Alter die Frau hinweggestorben war, und führte ihm liebevoll den Haushalt in seinem Heim in dem kleinen Dorf Ofenbach in Niederösterreich.
Meinem eigenen Papa "Buz", dem großen Geiger und Pädagogen, war somit "die Frau durchgebrannt".
In Aurich wunderte man sich sehr über ihren Verbleib, und Buzens Worte, sie habe ihn für einen Älteren verlassen, klangen in den Ohren vieler Senioren nicht sonderlich überzeugend.
Ich selber war von der Musikstadt Trossingen nach Aurich gezogen, um mich wiederum um *meinen* Papa zu kümmern, und ihm ebenfalls liebevoll, so doch mit deutlich weniger Knoffhoff, als Rehlein hinter den sieben Bergen, den Haushalt zu führen.
Unterstützt von Zugehfee* Theda Meyer.
Buz war jedoch sehr oft auf Reisen. Alle zwei Wochen reiste er in den Süden, um in der Musikhochschule Trossingen zu unterrichten.
Die Weihnachtsferien verbrachten wir als Familie in Ofenbach.
*Sehr selten zu lesendes Wort

Januar 2001

Montag, 1. Januar
Ofenbach

Leuchtend frischer Januarhimmel.
Luftig leichter Zuckerschnee

Wie eine Fee bemühte ich mich am Morgen um Ordnung und Gemütlichkeit in der Stube, und so wie sich am Telefon Tag für Tag Omis dünnes Stimmchen meldet, so rotzt es Tag für Tag wieder aus Opas Zimmer heraus, und man weiß: Es ist wieder soweit! Ächzend winkelt und streckt der alte Mann sein verholztes und morsches Gebein, um alsbald in abgewetzten Pantoffeln mit heiser schabendem Geräusche über den Boden zu schlurfen.

Gegen den Opa und seine geräuschvolle Art spürte ich zunächst einen leichten Greisengraus. Mich wurmte seine Altersgrämlichkeit, und die unfreundliche Art, die er unserem Papa gegenüber an den Tag zu legen pflegt.

Neuerdings tritt der Opa sehr oft hinter dem „Bühnenvorhang", der den Flur vor den Schlafgemächern von der Wohnstube abgrenzt hervor, und kaum ist er hervorgetreten, da sagt er auch schon:

„I leg mi wieder nooo!" (Ich lege mich wieder hin!)

Ob der Opa meine wenig freundlichen Gedanken wohl gespürt hat?

Er trat nämlich in die Küche und sagte mit launigem Untertone: "I leg mi wieder noooh! Sag´s nach!"

Das sagt er oft, weil er ein gebürtiger Schwabe ist, und das schwäbische „Nooooh" nasaliert ausgesprochen wird, als würd's von einer Kuh gemuht.

Ich weiß gar nicht, wie ich das hier niedertippen soll, damit es der Leser mit seinem geistigen Ohr auch richtig hört? Jedenfalls hört der Opa plötzlich wie ein Luchs, wenn ich: "Noooooh!" sag, und findet's immer ganz falsch.

Nach einer Weile „raste" ich durch den Wald. „Rasen" in diesem Zusammenhang setze ich in Anführungsstriche, denn da lacht man ja, wenn man mich „rasen" sieht.

Heut war's wunderschön! Frisch, ganz zart verschneit - ein Wetter wie in einem Bildband über Kanada, so daß ich an den Onkel Rainer in Toronto denken mußte. Ob man die Feiertage dazu nutzen sollte, ihm einen langen Brief zu schreiben?

Man teilt sein Leben auf Erden, lebt jedoch völlig aneinander vorbei. Der Onkel schreibt nie, vermisst uns nicht, und in seinen Gedanken und Gebeten haben wir schon lange keinen Platz mehr.

Und doch stellte ich mir beim Rennen genußvoll vor, *wie die mit ersten Altersflecken besprenkelte onkelige Hand nach meinem Briefe greift, der dann entfaltet, und in der gemütlichen Wohnung in Toronto gelesen und freudig beschmunzelt wird.*

Wahrscheinlicher wäre jedoch, daß er ungelesen zu den anderen ***Merry Christmas & a happy new year-***Karten auf das Kaminsims gestellt, und im Frühjahr im Rahmen einer Frühjahrsputzorgie ungelesen entsorgt wird.

Wieder daheim begrüßte mich Ming als erster Neujahrsgratulant bereits auf der Terrasse mit Kußsalven.

Der Opa war heut so lustig und vergnügt, und lachte oftmals erheitert auf, wenn ihm ein Spaß einfiel, der zu belachen war. Leider habe ich seine Späße mittlerweile vergessen, und so steht hier keiner da.

Beim Üben freute ich mich direkt ein wenig darauf, daß Buz in vier Tagen wieder abreist, weil Buz z.Zt. so langweilig ist.
Buz erinnert in dieser Hinsicht ein wenig an ein Hündchen, das in freier Wildnis verspielt, lustig und lebhaft ist, daheim jedoch meist nur wie ein Teppichvorleger herumliegt.
Rehlein wiederum ist in Buzens Aura die ganze Zeit leicht konsterniert, da Buz sehr stark vom Rothfußschen Ideal abweicht, wie der Mensch zu sein hat.

Nach einer Weile brachen Rehlein, Buz & ich zu einem Spaziergang auf, und gleich zu Spazierbeginn machte Buz eine kränkende Bemerkung darüber, daß ich in meinem Mantel ganz verkleidet ausschauen würde.

Hätt´ ich Rehleins Hang zur Returkutschelei geerbt, so hätt´ ich natürlich gleich auf Art einer höheren Tochter herumhöhnen können:
„Muß denn der Junge mit dieser putzigen Zipfelmütze durch den Wald laufen?? Gottachgott, die Leute bekommen ja erstmal einen Schrecken..."
Doch Bisgürnigkeiten und Returkutscheleien sind mir ebenso wesensfremd wie erbittertes Schweigen, und so lachte ich gutmütig zu Buzens Worten.

Die Erwachsenen liefen vor mir her, und sprachen über die Steuererklärung, die demnächst abgegeben werden muß. Rehlein wünscht sich, daß *Buz* nach all den Jahrzehnten wenigstens *einmal* diese saure Aufgabe auf sich nehmen möge, obwohl Buz doch gar nicht weiß, wie so etwas gemacht wird.
Man verlangt von ihm somit, daß er aus Stroh Gold spinne, so daß Buz gar nicht weiter denken *will*, als seine Nase lang ist.

Später am Tage:
Ich hatte einen köstlichen Apfelkuchen gebacken, der nun auf dem Tische stand. Buz saß in Mobblns Sorgenstuhle und nickte öfters ein – so wie die jüngst verstorbene Omi Mobbl einst.
Ich klopfte mit dem Kuchengäbelchen leise klirrend an meine Tasse um mir Gehör und Aufmerksamkeit für eine kleine Rede zu verschaffen, doch statt der Neujahrsworte die mir vorschwebten, beschwor ich mit Blick auf den Durmelnden irgendwelche Bilder

herauf. Ich hatte einmal gelesen, daß sich Geschichten, die einem Schlummernden erzählt werden in dessen Träume verweben, und so fabulierte ich etwas für Buz zusammen: *Plötzlich sitzt Buz nicht mehr im Sorgenstuhl, sondern in einem Abteil der Bundesbahn, und bald nähert sich der Bimmelbimbo. „Kaffee, Fanta, Cola..." ruft er singend und animierend.*
Meine Worte mischten sich in Buzens Schlummer hinein, so daß Buz dies nun womöglich wirklich geträumt, und währenddessen gedacht hat, dies sei wahr?

Dienstag, 2. Januar

Zart verschneit und auch zart sonnig (reizvoll)

Beim Joggen dachte ich darüber nach, wie schön es wäre, wenn man den Verwandten nur Lobgesänge über den Opa schreiben könnte, und so dachte ich an die schönen Seiten am Opa, die sich doch sicherlich zu einem ansprechenden Briefgebilde auswalzen ließen?
„Auch wenn man´s kaum glauben mag - aber der Opa bereitet uns nur Freude! Stets ist er um seine Lieben besorgt. Wenn er sieht, daß meine Mama im Dunklen liest, dann schleppt der alte Mann mit seinen 91 Jahren noch die schwere Stehlampe herbei!"
Der Jakob (das kleine Hündlein von Poppingers) bekläffte mich von der Ferne dreimal wüst.

Rehlein drückte in der Küche unermüdlich Orangen für ihre Lieben aus und bat uns, daß wir mit dem Frühstück ein bißchen auf sie warten mögen.
Doch der agile Ming aß zügig drauf los, weil er als junger voranstrebender Mensch stets mit einem Beine schon im nächsten Geschehen zu stecken pflegt.

Am Vormittag suchte Rehlein ein Radiergummi:
Rehlein wollte eine Telefonnummer, die sich Buz einfach auf den fehlgeleiteten Brief an einen Herrn in Schleinz draufnotiert hat, abradieren. Es handelte sich dabei um die neue Stuttgarter Telefonnummer von Herrn Bloser, doch es fand sich kein Radiergummi, und ich wiederum fand es so interessant, daß durch großen Zufall einem Herrn aus Schleinz die Nummer von Herrn Bloser zugespielt wird. Ob er seine Neugierde im Zaum halten kann, oder die Nummer als Wink des Schicksals interpretiert, wie *ich* dies an seiner Statt wohl täte?
Ob er sie wohl ausprobiert, weil es ihm keine Ruhe läßt, wer sich hinter dieser Nummer wohl verbirgt? Und ob er wohl sehr enttäuscht ist, wenn sich am anderen Ende statt einer liebeshungrigen Frau, die die Angel ausgeworfen hat, um dem Zufall eine Chance zu geben nur ein Hagestolz und Klavierlehrer meldet?

Mittags legte Buz seine Geige beiseite, trat aus dem Musikzimmer heraus, und wollte von sich aus lernen, mit dem Elektronotizbücherl umzugehen, das ihm der Weihnachtsmann gebracht hat, und ich glaube, es machte ihm Freude, die Telefonnummern seiner Freunde aus *meinem* Notizbuch abzutippen und einzuspeisen.

Als ich vom Milchholen returkehrte spitzte ich schon mal neugierig, wen Buz wohl eingespeichert hat? Buz war beim Buchstaben B angelangt. **Besse, Nicole** stand da zu lesen.

Später hatte Buz auch noch seine Ehefrau eingetippt **Koenig, Erika**. Gewissenhaft mit der Ofenbacher Nummer, die er doch ohnedies im Kopf hat.

Buzens B-Seite hatte sich aufgelöst wie eine graue Wolke, und so war´s richtig schön mit ihm. Ist unser Familienoberhaupt gut gestimmt, so werden auch Rehlein & ich plauderfreudig und fröhlich.

Vor dem obligaten Spaziergang suchte Buz sieben Äpfel für die Pferde auf der Koppel heraus, und dann legte er sogar noch einen hinzu, weil unser süßer Papa immer gerne verwöhnt und Freude bereitet.

Wir füttern die erfreuten Pferde, die direkt neben uns wohnen – unsere direkten Nachbarn - und liefen beschwingt weiter.

Froh und dankbar mußte ich darüber nachdenken, daß das neue Jahr bis jetzt sehr schön gewesen ist.

Beim Wandern durch den Schnee bat ich Rehlein, jene Anekdote zu erzählen, wie das Kläuschen* mal lispelig über einen Ort in Indien gesagt hat: „Och Schätfchen! Den haben wir nun wirklich zu Genüge gesehen!" und dabei hätte dieser geheimnisvolle Ort Rehlein so brennend interessiert. Doch bedingt durch Kläuschens nölig-abtörnende Worte ist man dann doch nicht hingereist.

*Und wer das „Kläuschen" ist? Der dritte Mann von Rehleins Exschwägerin Antje – Onkel Rainer in Toronto war der erste....

Auf Art eines Musikliebhabers habe ich eine ganze Sammlung an kleinen Anekdötchen, die ich schon in- und auswendig kenne, und doch immer wieder gern höre, und glücklicherweise scheint Rehlein sie ebenso gerne zu erzählen, so daß wir uns in dieser Hinsicht wunderbar ergänzen.

Rehlein ging heute sehr ins Detail, und schilderte die unerträgliche Übellaunigkeit der Reisegruppe in Indien.

Am frühen Abend:
Der Herwig, ein Cellist aus Wien war gekommen, um gemeinsam mit Ming am Klavier Francks Cellosonate zu musizieren. Nach einer Weile wurde zu Tisch gebeten.

Unser Gast, der meist einen leicht beleidigten Eindruck macht, so daß man in seinem Windschatten leise auftritt, setzte sich auf Opas Stammplatz und aß höflich, aber ganz schweigend und ernst vor sich hin.

In diesem Banne wurden Ming & ich auch schweigsam, weil sich der Grundgedanke "Man kann nicht beständig nur lustig sein" ausbreitete.
Nur Rehlein ließ sich von diesen unausgesprochenen Überlegungen nicht anstecken und beplabberte uns munter.

Als sich die Nachtesschwärze ausgebreitet hatte, geschah fernab in Kiel etwas Ergreifendes:
Bei der Tante Irma, in deren Leben es nach dem Tode vom Onkel Otto vor bald vier Jahren sehr still geworden ist, schellte das Telefon. Der Opa war´s, der sich auf seine Schwägerin besonnen hatte.
Durch den Hörer hörte man Irmas guturale Stimme sagen: "Wer spricht da bitte?? Bist du es, Kurt?"
„Jawohl!" Der Opa war so süß und lustig, und Rehlein und ich schufteten emsig um den Telefonierenden herum, um ihn gegen die Kälte abzuschotten und mit warmen Decken zu bepolstern.
Dann wurde noch ein Foto geschossen, das wir der Irma als Beweis schicken wollen.

Mittwoch, 3. Januar

Luftig bleiche Wetterlage

Folgendes träumte ich:

An einer Stelle in Aurich stand das parkende Auto von unserem Freund Tone. Der Tone stak in den Vorbereitungen zu einer längeren Reise, und als er mich sah, deutete er ohne große Worte auf einen glänzenden, großen schwarzen Labradorhund, von dem er hoffte, daß ich auf ihn Obacht geben würde, während er in die Ferien führ, so wie er es im umgekehrten Falle als guter Freund auch getan hätte.

Dann hievte er auch noch sein großes Aquarium, welches im Traume ausschaute wie Mings Küchenmaschine, aus dem Auto, und stellte es neben den Hund.

Mir fiel ein, daß ich selber mal so viele Fische hatte, und mich beim besten Willen nicht erinnern konnte, was aus ihnen geworden ist?

Dann dachte ich an meine eine Kammer in Trossingen, die im Traume unlogischerweise ausschaute wie die Waschküche in Aurich, und über die ich denken mußte, daß ich sie doch mal entrümpeln sollte – vielleicht fänden sich dort noch ein paar Fischskelette... doch dann wurde ich wieder ins wahre Leben hineingeschwemmt.

Ich erhob mich, wusch ein wenig auf und vergemütlichisierte die Wohnstube.

Ming hatte wieder jene gönnerhaft Art drauf, als fände er Rehleins Lebensstil bedenklich, und sehne sich nach seinem eig´nen Leben. So versteht man Rehleins Wunsch, daß Ming sich so schnell wie möglich eine eigene Familie anschaffen möge, um mit eigenen Sinnen zu erleben, *wie* kompliziert so etwas sei.

Wieder schlurfte der Opa geräuschvoll herbei.
„Ein Moribundenlanglauf!" scherzte ich, um loses Vergnügen aufzuwirbeln.

Nach dem Frühstück saß ich mit Rehlein noch lang am Tisch, und wir sprachen anhand eines Artikels in der „ganzen Woche" über Hannelore Elser. („Manchmal ist meine Schönheit auch ein Fluch") Rehlein meinte, es sei das „Männermordende" das die Männer so antörnt, und erzählte, wie sich Buzens Schülerin Amrei einmal in einer Pose, die nur die Männer verstehen, an die Wand gelehnt hat: Das eine Bein angewinkelt, den schicken Schuh an der Wand aufgestellt, den Mund leicht und sinnlich geöffnet, die Züge kühl und gelangweilt, und dennoch blitzte aus einem Augenwinkel heraus das „gewisse Etwas", und ein wichtiger Politiker aus Holland konnte seinen Blick nicht mehr abwenden und seine lüstern-aufkeimenden Gedanken („mit dir fang ich was an, Süße!") kaum noch unter Kontrolle halten!

Die Freude, wenn der Opa sich wieder ins Bett gelegt hat, währt zur Zeit immer nur kurz, weil er neuerdings in Intervallen von etwa 8 – 11 Minuten wieder auftaucht und „was trinkö" will.

Süß, wie Opas lange Nase beim Kaffeetrinken ganz zart die Kaffeeoberfläche berührt.

Am Vormittag wurde es Buzen, der immer entweder etwas ziellos auf seiner Violine herumübt, oder den Roman „Am seidenen Faden" von Joy Fielding durchschmökert, etwas fad, so daß er Abwechslung suchte und seine Mutti anrief. Buz rief allerdings mitten in den Mittagsschlummer hinein an, und mußte zirka sieben- bis achtmal sagen: "Hier ist der Wolfram!" und dann sagte er noch zweimal: "Aus Öööster-rai-hich!"

Inzwischen saß auch der Opa wieder auf seinem Stammplatz, und ich scherzte, daß Buz in zwanzig Jahren, wenn er tütelig geworden ist und seine Mutti auf dem Krähenberg anruft, vielleicht aus Versehen sagen wird:

"Hier ist die Oma in Grebenstein!"

„Biddö??"

„Die Ooooma in Grebenstein!"

„Aber das bin ich doch selber. Kann doch gar nicht sein, Junge!"

Zum Mittagsessen gab´s scharfen Rettich, welchen zu essen man kaum aushalten konnte, und ich dachte uns aus, wie Buz später als alter Mann von zwei sadistischen Altenpflegern gefüttert wird, und wurde ganz traurig dabei.

Einer hält ihm die Nase zu, und der andere schaufelt ihm löffelweise den scharfen Rettich ein.

Ich wurde traurig beim Gedanken, bis dahin vielleicht selber längst verstorben zu sein, so daß ich Buz nicht mehr beschützen kann?

Donnerstag, 4. Januar

Am Morgen neblig. Kaum noch Schnee

Der Opa frägt oftmals nach der Uhrzeit, und sagt man sie ihm auf, so sagt er: „häää?" trichtert das Ohr und verzieht grämlich fragend das Gesicht.
Man spürte, daß die Moribundenpflege den ganzen Menschen fordert.
Ming war wieder nur bedingt angenehm, und bang mußte man sich fragen, ob´s langsam solche Auswüchse annehmen könnte, wie bei der Tante Debbi wenn sie morgens schlechte Laune hat und ungenießbar ist??
Er schraubt die Augen heraus, und man spürt, wie ihm so ziemlich alles auf den Wecker fällt.
Auch diesmal lenkte Ming grämlich die Sprache darauf, daß Rehlein es mit der Betütelei um den Opa herum etwas übertreiben würde.
Gestern z.B., als wir „Macbeth" geschaut haben, hat Ming einmal geelendet ausgerufen: "Laß gut sein!" als Rehlein so eifrig, wie damals zu Esslinger-Opas Zeiten, aufgehupft ist, um dem Opa warme Socken über seine bleichen Füße zu stülpen.
Ich wiederum spulte die Zeit gedanklich ein wenig voraus, stellte mir den 91-jährigen Ming im Spätherbst 2055 vor, und frug mich, ob er vielleicht plötzlich gerührt von dieser alten Erinnerung gestreift wird, wenn niemand da ist, der sich um *seine* bleichen Füße sorgt?

Dann spulte ich die Zeit wieder zurück und hielt an jener Stelle an, als die leicht tütelige Uroma im Jahre 1968 mal zum vierjährigen Ming gesagt hat:
"Warum bisch du denn so wüscht zu deinem Töchterlein?" so als sei Ming vielleicht schon damals so gewesen?

Rehlein buk heut´ den ganzen Tag liebevoll Gebäckstücke für ihre „Pseudo-Enkerln" Daaje und Gesine, die Kinder von Mings Exe Gerswind, die am Nachmittag zu Besuch kommen wollten.
„Ach, und duu sollst auf sie aufpassen??" frug ich Ming moribund und „wissend" auf Mobbl-Art.

Heute wurde von der Post ein Weihnachtsgedicht von Rehleins Freundin Heide Monroy geliefert.
Doch leider machen es sich heuer viele leicht – allzu leicht - mit der Weihnachtspost: Statt eines fesselnden Jahresreports faßt man billige Wünsche in billige Reime zusammen.
(„Fest" reimte sich auf „allerbest".)

Auf dem Wege zum Bahnhof besuchte ich Omi Mobbl auf dem Friedhof, um ihr ein bißchen aus unserem Leben zu erzählen: „„...und rate, wer heute zu Besuch kommt?" Ich machte ein Rülpsgeräusch wie Schmatziano Mampfarotti (im zuvor geschauten Otto-Film) und störte die Totenruhe damit empfindlich.

„…die Dame Gerswind! Aber i hab sie net ein´gladö!"

Dann malte ich mir aus, *wie ich die Gerswind in Mobblns Sinne ganz herb empfange.*
Wenn sie mich küsst, dann sage ich: "Komm, laß diese Sentimentalitäten!- Kinder, setzt euch bitte hinten hin!"

Bei einschleichender Dunkelheit holte ich die Damen vom Bahnhof ab, - mich dabei fühlend wie eine Schwiegermutter, die gottergeben ihre Schwiegertochter mit deren Kinder aus erster Ehe abholen soll, und sich schon ganz lange vorher Gedanken über die Art der Begrüßung macht.

Die Begrüßung im wahren Leben war jedoch ganz nett:
Wir begrüßten uns mit einem flüchtig-höflichen Wangenkuß, wie´s unter Damen üblich ist.
Im Auto durfte die Daaje vormachen, wie sie in nölig verdreht klingenden Worten österreichisch spricht und wie sie schon rechnen kann, und die süße kleine Gesine trug mit großem Stolze eine grüne Krone von McDrive auf dem Haupt.
Schon von der Ferne hörte man Klaviergedonner…

Ming spielte Rachmaninoffs Erstes, die Kinder lärmten und tobten.
Und nach all den Mühen in der Küche verspürte Rehlein nur noch einen vereinzelten Wunsch:

Sich im Schaukelstuhl neben dem Kachelofen so richtig zu entspannen.
Dazu lief der Televisor: „Brisant".
Wir erfuhren, daß die Scheidung der Beckers in Miami dramatische Züge anzunehmen droht.
Die Straps-Babs hat den kleinen Noah einfach in einer Schule in Florida angemeldet, und einmal wurde kurz die hübsche gelbe Villa der Beckers in München eingeblendet. Das Leben dort hätte so schön sein können, aber auch dort lauerte das Glücksknacksvirus.

Ming wusch mir im Ashram so rührend das Haupthaar. Währenddessen ratterte die Fax-Maschine, und der süße Ming hoffte so sehr, daß ein Fax von der Luisa an Land kröche – vergebens! Es kam von Herrn Heike, und war an Buzen gerichtet. Und wie könnte es anders sein bei Herrn Heike?
Es ging um musikalische Sommerprojekte.

Uns ereilte ein Neujahrstelefonat von den Verwandten in Bonn: Antje, Kläuschen und Friedel.
Der Friedel sagte warm: "Ich vermisse Euch!" und meinte diese schönen Worte auch, so daß ich ihn unglaublich liebte.
Mit seiner aufgewärmten alten Flamme „Doro", mit der er bereits in der Jugend etwas angefangen hatte, läuft´s ganz gut, und auch die Antje ist mittlerweile, und nach anfänglicher Skepsis, ganz angetan von der Doro.

Freitag, 5. Januar

Sonnig

Beim Frühstück war die Stimmung zwischen uns sehr warm, da Buz heut über den Wolken gen Stuttgart fliegen wollte.

Ich warf die Frage auf, ob sich so manch ein einsames Herz vielleicht ein Händi kauft, um den Mitreisenden im Zug zu suggerieren, ein Liebessäusltelefonat zu führen?

Und durch die Sinne der anderen glaubt man es selber, und badet im Glück? („Du Miezi, dös hab i mir scho denkt, daß du dös jetzt bist!")

Ich erzählte von dem Herrn mit dem Gamsbart auf dem Hut, der neulich in der U-Bahn so warm und laut telefoniert hat, daß sein freundliches Tiroler Lächeln noch eine ganze Weile lang auf seinem lieben Gesicht haften blieb, weil das Gespräch ihn so gewärmt hatte.

Zum Abschied richtete ich Buzen in seinem neuen Elektronotizbuch ein Geheimfach ein. Buz wählte ein Wort mit sechs Buchstaben, und keiner von uns kennt´s. Aber mir gefiel der Gedanke, daß unser Papa jetzt ein Geheimfach hat, auch wenn man nicht weiß, was er da wohl hineinschreibt?

Dem Opa hinterließ ich nur einen simplen Zettel, worauf zu lesen stand:
"Opa, wir sind weg..." Das kann viel bedeuten.

Sogar Buz hat sich beim Opa auf seinem Vorkatafalk noch verabschiedet, und strich ihm übers Haupt.
Aber der Gedanke, daß es vielleicht das letzte Mal war, dürfte Buzen inzwischen nicht mehr so schmerzen...?

Dadurch, daß Buz uns heut verlassen hat, liebte Rehlein den Vielgeschmähten wieder unglaublich, denn erfahrungsgemäß könnte es August werden, bis man sich wiedersieht.
Natürlich psychologisierten Rehlein und Ming noch ein wenig hinter ihm her. Allerdings mehr auf eine Art, wie man vielleicht einem geliebten Sorgenkind hinterherpsychologisiert.

Als Ming am Parkscheinautomaten herum agierte sagte ich: „Alles, was Ming so tut, sehe ich im Geiste schon als Eintrag im Tagebuch."
So, wie die Mutter von der Klavierspielerin Erika Kohut aus dem Roman von Elfriede Jelinek alles was man so besaß, lieber als Eintrag im Sparbuch der österreichischen Bausparkassen gesehen hätt!

Im Sushi-Lokal „Michita" in Wiener Neustadt:
Leider waren die Kellnerinnen alle so träge. Man wurde ewig nicht bedient, daß es richtig nervig war, und einmal hörte man, wie eine chinesische Bedienerin etwas über eine „Lao tai Bor" sagte (ö oids Weiberl).

Doch als die etwas leblose junge Frau, die ihren Kellnerinnenberuf wahrscheinlich haßt, *da sie lieber einen reichen Mann hätte, in dessen parkähnlichem Garten sie den ganzen Tag in der Hängematte liegen und sich von Dienern Luft zufächeln lassen würde,* sich unser nun doch noch erbarmte, sagte Rehlein: "Shiao Dschje! Ur gön ni dschiang: Ur bu sh lau tau bor!" (Fräulein! Ich sage ihnen: Ich bin kein altes Weib!")
Das Fräulein erstarrte innerlich, und wußte nichts zu diesen Worten zu sagen.

Später besuchten wir noch das Möbelhaus Lainer, um ein Bett für den Opa zu kaufen: Wir fanden aber keins, weil die vorgestanzte Bettnische in Opas Schlafzimmer zu kurz für ein modernes Bett ist. Mich törnten die Abenteuerbetten für Kinder so an. Betten mit Kasperltheater, Rutschbahn oder einem Piratenturm. Ich stellte mir vor, wie wir dem Opa ein Abenteuerbett kaufen, und der Opa davon wieder ganz jugendlich wird: Ständig will er die Rutsche hinabrutschen, so daß der Kaffee darüber ganz kalt wird.
Schließlich fuhren wir dann aber nach Hause.

Ich fuhr zum Friedhof, doch dort hatte ich nur Pech. Ich wollte Mobbln ein Licht entzünden, doch ich verlor zehn Schilling an den klemmenden Kerzenautomaten – dann versuchte ich, die alten Lichter nochmal anzuzünden, doch der Wind blies mir harsch ganz viele Zündhölzchen aus.

Zweige auf Mobblns Grab reckten sich mir im Wind wie die verkrüppelten Finger einer kalten und bösen alten Hexe entgegen.

Man sah einen hellerleuchteten leeren Zug vorbeifahren, und ich merkte mir endlich mal, wie Mobblns neue Nachbarn heißen: Links Familie Tauchner (Johann, Anna & Hermann Bock - letzterer wahrscheinlich ein Freund des Hauses, - jemand, der jahrelang in der Besucherritze des Ehebettes mitgenächtigt hat?) und rechts Familie Moucka (Karl, Anna und Herbert).

Daheim schauten wir unsere Kaffeesendung: Der arme Boris steht bzgl. seines Rosenkrieges in Miami vor Gericht, und der Anwalt habe ihn auch noch angebrüllt!

„Wie damals beim Friedel!" spielte ich murmelnd auf Friedels Scheidung im vergangenen Jahr an, ohne dabei gewesen zu sein, als ich den Boris auf der Anklagebank sitzen sah. „Ein Märtyrer!"

Rehlein geht das Schicksal der Beckers so nahe, daß sie neulich in der Nacht nicht einschlafen konnte.

Omi Ella wurde nunmehr nach drei Monaten aus der Gesundheitshaft entlassen, und ich rief sie erstmals wieder daheim an. Der Heimkehrenden und auch mir scheint´s, als seien Äonen vergangen.

Die Oma hatte lieben Besuch vom Onkel Eberhard und ihrer Enkelin Susanne und war hiervon so rührend warm gestimmt.

Samstag, 6. Januar

Zart-sonnig. Kaum noch Schnee

Beim Dichten hörte ich, wie´s mit dem Opa lästig und anstrengend war, weil er immer nichts hört, und hinzu unbedingt gebadet werden muß, bevor die Luisa kommt.

Doch ständig sagt der Opa: "Jetzt geh i aber erst ins Bett!" Und bloß wenn man mal einen Film anschauen will, dann quillt er an Land und nervt, mit seinen unergiebigen Nachhakefragen.

Beim Frühstück saß der Opa allerdings auf eine friedvolle Art an seinem Stammplatz.
Ich erzählte meinen Lieben von Mobblns neuen Nachbarn auf dem Friedhof.
Die sind leider schon so lange tot, daß man über Staub redete.
So, wie früher links die Niebels und rechts die Privaths gewohnt haben, so wohnen heut links Tauchners und rechts Mouckas.
Ich malte uns aus, wie wir, wenn der Opa verstorben ist, keine Parte, sondern bloß eine Umzugsmeldung schicken:

Ich bin umgezogen:
Auf den Friedhof
Ostflügel, Reihe 4 / 13b

A-2821 Lanzenkirchen

Der süße Opa lachte gutmütig über diese Scherzeleien.
„Und jetzt kannst du meine Beerdigung gar nicht mehr erwarten?" mutmaßte er belustigt.
Ming war so köstlich amüsant am Frühstückstisch und sang uns vor, wie der Harnoncourt auf dem Cello eine Bach Suite interpretiert hat. Den einen tiefen Ton sang Ming rülpsend und röhrend, so wie er wahrscheinlich wirklich geklungen hat, und trotzdem meint man, so jemand sei genial!

Am Nachmittag waren wir spazieren.
„Kikalein! Mach das Abitur nach!" sagte Ming einmal, da sich in seinem Hirn eine Rille gebildet hat.
Die Abiturs-Rille.
Doch der Gedanke daran strengte mich nur an.

Ich rief Frau Kamp zu ihrem 74. Geburtstag an, und erfuhr Schockierendes: Daß sie einen Tag vor Heiligabend mit dem Notarztwagen ins Krankenhaus gebracht wurde, wo sie drei Tage lang bleiben mußte: Panikattacken, Bluthochdruck und Herzrasen...
Doch jetzt ist sie gottlob wieder gesund.

Sonntag, 7. Januar

Angenehm herb

Heut schlief ich nicht so besonders und träumte nur graue, deprimierende Dinge, wie beispielsweise, *daß ich zum Jörg mußte, weil in jenem Brot an dem ich aß plötzlich ein völlig verfaulter und verrosteter Zahn stak. Beim Nachzählen fehlte allerdings verwunderlicher Weise gar kein Zahn. Für den Jörg war's zeitlich etwas ungeschickt, doch seufzend zwängte er mich, wenn auch mit Müh, zwischen zwei Patienten.*
Und dann fand ich mein AOK-Kärtchen nicht!
D.h. ich fand zwar deren zwei, doch beide waren bereits abgelaufen, und ich glaube, der Jörg war tierisch genervt (?). Später stellte ich dann auch noch fest, daß ich das Zettelchen, wo mir der Jörg den neuen Behandlungstermin drauf aufgeschrieben hat, verkramt habe.

Rehlein erzählte mir heut so packend, wie es damals war, als sie heiratete.
Sie war nicht ganz so glücklich, wie man als junge Braut hätte sein sollen, weil sie a) von Zweifeln an Buz geplagt, und b) von Zweifeln gepeinigt wurde, ob sie in den Augen der Gegenpartei wohl bestehen würde, und c) sich auch vor den Geschwistern ihrer Schwiegermutter schämte, die ihre Haare so unvorteilhaft gefärbt hatte.

Zu ihrem Sohn Buz sagte die Omi ständig Dinge wie: "Von was willst du denn leben, Junge?" und dererlei Unerbauliches mehr.

Der Opa hindess nahm´s lockerer, und sagte zu Rehlein: "Du kannst mir ja ein wenig helfen. Dann verdienst du etwas!"

Da arbeitete das süßeste aller Rehleins so fleißig für den Opa, und für Buz und Rehlein begann ein unbestimmtes Eheleben im Hause der Eltern.

Ich bedauerte es so außerordentlich, daß es damals niemand für nötig erachtet hatte, ein Tagebuch zu führen.

Mobbl hatte den Schlüssel zum ehelichen Gemach der jungen Leute usurpiert, und Buzen zog es in die Flitterwochen.

Vorbereitet hatte er allerdings nichts, sondern strahlte bloß jene Stimmung aus, wie wenn er heute fröstelnd vor dem Gatter auf „die Rothfußens" warten muß.

Der Opa scherzte munter und vergnügt darüber, wie Ming ihm wohl sein Brot schmieren solle, und lachte in größter Belustigung dazu.

Am Vormittag erlebte ich eine Freude:
Frau Münch rief an, und verkündigte, daß man mir einen Auftritt beim Rhein-Mosel-Festival in Trier offeriert habe.

Am liebsten hätte ich´s voererst für mich behalten, da ich von Onkel Dölein jene Lebenseinstellung

geerbt hab, daß man nicht immer gleich alles hinausposaunen sollte. Doch dann erzählte ich´s dem klavierspielenden Ming und Rehlein in der Küche, die´s dem Opa wiederum brühwarm weiterposaunte.
Der rührende Opa nahm großen Anteil daran, und machte sich gleich Gedanken drum, wie ich dort wohl hingelang?
„Wenn ich jetzt losliefe, so wäre ich im Juni vielleicht dort?" Sprang ich auf diese Überlegungsschiene auf.

Am Nachmittag war´s bei uns ganz still. Ming und Rehlein waren unabhängig voneinander in den Wald entschwunden. Ming zum joggen, und Rehlein, um Natur und Frische zu genießen.
Es dämmerte so zauberisch vor sich hin, und der herbeischlurfende Opa machte sich große Sorgen um Rehlein. Immer wieder schwenkte er die Rede darauf, daß man als Frau nicht alleine in den Wald gehen sollte. Der Teufel hat´s gesehen, und man sah Rehlein das letzte Mal!
Später pochte Rehlein hinter dem Tannenbaum dann allerdings doch ans Fenster.

Buz rief an und war sehr gut gestimmt, da ihm Unglaubliches wiederfahren war: Zuerst traf er auf dem Amsterdamer Flughafen eine Schülerin aus Japan. „Mika Kondo". Und dann wiederum saß er im Flugzeug neben der Berta, (dem „Rehlein aus der

Lindenstraße", nach welchem wir Rehlein doch überhaupt erst benannt hatten, da die Damen ein so ähnliches Schicksal eint: Einen Ehemann, der beständig seine saublöden Spezis mit nach Hause bringt!)
Das Rehlein habe gesagt: "Ja, ich bin´s wirklich!" und schnell im Drehbuch gelesen. Es hätte jedoch ebenso gut sagen können:
„Sind *Sie* nicht derjenige, der mich jeden Sonntag immer anschaut?"

Hernach besuchten wir die Vitzthums:
Es gab eine köstliche Tiefkühlzitronentorte aus dem Supermarkt, mit echten kleinen Kosackenbällchen.
Mit dem größten Behagen setzte man sich somit zu Tisch, kam jedoch nur selten zu Wort, weil Frau Vitzthum heute so langatmig erzählte. Immer wenn man erfreut eine Lücke, in die man sich plappernd hätte hineinzwängen können, zu erfühlen glaubte, sprach sie einfach weiter und weiter.
Die Vitzthums besuchen beide einen Englisch-Kursus. Herr Vitzthum nur seiner Frau zur Freud, und Frau Vitzthum nur ihrem Manne zur Freud.

Kurz nach dem Tortengenuß wurde auch bereits das Abendessen serviert. Es gab Heringssalat, Eiersalat (gelb & sehr pikant), und Spinattascherln. Doch dieser Besuch machte mich ein wenig müd, weil die Themen alle so ermüdend waren.

Montag, 8. Januar

Regen, der in dünnes Geschniesl überging

Ich erhob mich zum Tagesgeschehen.
Der Opa saß auf der Eckbank, strahlte Moribundengrämlichkeit aus und verstand kein Wort.
Rehleins leise züngelnde Panik, unser Leben könne vielleicht noch Jahre lang so weiter gehen, hat mittlerweile schon ein bißchen auf mich übergegriffen, so daß ich beim Üben ganz unglücklich darüber nachdenken mußte, daß mein Traum, Rehlein einmal moribundenunbelastet genießen zu dürfen, vielleicht immer ein schöner Traum bleiben wird, weil das Schicksal meist etwas anderes mit einem umspringt, als es einem lieb wäre?
Rehlein umhegt den Opa, bis er 112 Jahre alt ist, und wenn Rehlein dann gestorben ist, sagt der Opa vielleicht: „Ach, die Erika? War die da? Weiß i gar net..."

Ich las ich in meinem Profilerbuch über die Persönlichkeitsstruktur eines Durchschnittsstalkers: Keine Beziehung, und auch keine in Aussicht. Führt stundenlange Selbstgespräche.
Im derzeit wahren Leben bestalke ich ja wiederum die Bildschirmschoner*, auch wenn die nichts davon merken.

*So nenne ich die Leute, die in Aurich im Hause gegenüber leben, weil ich die immer sehe, wenn ich am Fenster stehe und auf meiner Violine übe. Nichts bleibt mir verborgen.

Ständig schaue ich beim Üben auf sie drauf, mache mir Gedanken über sie, und *wie* oft befanden sich meine voyeuristischen Gedanken schon in deren Wohnung?!

Rehlein wunderte sich, daß der Opa in der Nacht zwei Fortimels getrunken zu haben scheint, und wieder zeichnete sich ein kleiner Zirkulus diaboli ab: Der Opa hat einen gesegneten Appetit, ißt viel, und wird immer kräftiger, ohne daß Ohren und Kurzzeitgedächtnis mitziehen.
Gestärkt sucht er sich dann immer noch bessere Leckereien, und wenn es in der Küche ganz leise raschelt, so ist es er.

Zu Beginn des Frühstücks, als das süßeste aller Rehleins bereits Orangen für uns auswrang, hatte ich das Gefühl, daß unser Gesprächstoff leicht versiegt zu sein schien, weil wir Opas zum Greifen in der Luft liegenden „hha??"s und seine fehlgehörten, ungläubigen Repetierungen scheuten.
(„…hat keinen Anstand"
„hää"
„… "
„*wer* kann keinen Handstand?")
Man sieht´s im Geiste vor sich: *Der Opa trichtert sein Ohr, verknautsch grämlich fragend das Gesicht und gibt einem das Gefühl dummes Zeug geschwätzt zu haben.*
Und dabei sitzt der Opa eigentlich immer ganz friedlich da.

Nach einer Weile legte er sich wieder hin, und schlurfte nach sechs Minuten wieder herbei.

Rehlein wurde einmal sogar direkt etwas grämlich gegen den Opa, als er zerdurmelt hinter dem Vorhang hervortrat und über den plärrenden Televisor sagte:
"Kann man des a bißele leiser stellö?"
Rehlein kann es nicht ertragen, wenn der Opa so tut, als würden *wir* ihn stören, wo doch *er uns* ständig stört. Es knabberte aber gleich im sensiblen Rehlein, so daß Rehlein nochmals zum Opa trat, um´s ihm zu erklären.
„Aaaah jaaa!" sagte der Opa einsichtig und versöhnlich: „Bloß, daß i koi Wort versteh´!"

Wundersamerweise ist Opas Kurzzeitgedächtnis besser geworden, denn heute verblüffte er Rehlein mit den Worten: "Ich war doch im Sommer in dem Hotel?? Ha, da kann i ja wieder hin, wenn du nach Trier gehsch!" Weil der süße Opa Rehlein den Kunstgenuß in einem halben Jahr so sehr gönnt.
Heute regnete es – und schön war´s doch.
Ich übte etwas länger als sonst, und als Ming aus der Schule returkehrte stak ich soeben im letzten Satz einer Sonate von Giuliani, die ich demnächst mit Gitarrenbegleitung aufzuführen plane.
Ich spielte weiter, obwohl Ming dazu in meine Noten blickte. Der süßeste Schatz freute sich, daß ich ein Calando wörtlich nahm...

Etwas traurig war ich heut in vieler Hinsicht: Daß nämlich Ming um 18:30 mit der Beatrice in einem Wiener Caféhaus verabredet war – und das, wo ich doch Morgen vielleicht schon abreise?

Das besonders Traurige dabei ist, daß sich Ming derzeit doch auf der A-Seite befindet, nachdem er mir wochenlang so postpubertär und b-seitig vorgekommen war, und so fand ich´s betrüblich, daß die Beatrice Mings kostbare A-Seite genießen darf, während er sich ja sicherlich bald wieder zur B-Seite hinkantet?

Zunächst aber musizierten Ming und ich im Ashram einige Werke von Beethoven und Wienjawski, während der Regen sich in ein Geschniesl umstülpte.

Mittags hatte Rehlein Rotkraut, Kichererbsen und selbsterfundene Klöße „gezaubert". Köstlich!

Ich dachte uns aus, wie´s wohl sei, wenn Ming zum Klassensprecher gewählt würde? Dazu schaute ich in den regenverschleierten Garten hinaus, und es schien kurz, als flöge dort ein schwarzer Vogel mit langen, welligen Schwingen – der Tod, so könnte man meinen – doch es war nur der Schatten Ming´s, der für uns Orangen auswrang.

Als Ming ging, war mir schwer ums Herz, weil man nie weiß....

Das Gesicht des Hinwegstrebenden wurde von der Laterne vor dem Hause, die nur noch matt flackert, beleuchtet und ich spürte die Schnieselei nicht mehr und eilte Ming noch hinterher, um ihm ein paar liebe Wünsche nachzurufen.

Rehlein spielte Werke von Schumann auf dem Klavier, während ich schweren Herzens meinen Koffer packen mußte.
Ich überlegten, wie es wohl wäre, wenn man das Orakel befragen könnte, wie viele Bühnenauftritte hinter dem Flurvorhang hervor für den Opa wohl noch vorgesehen sind? So, wie Omi Mobbl eines Tages ihre letzte Klaviertaste hinabgedrückt hat, wird er vielleicht eines Tages das letzte Mal hinter dem Vorhang hervorschlurfen? Ich malte uns aus, das Orakel sähe vor, noch 7594 mal!
Doch Rehlein wäre diese Zahl zu hoch.

Schon am Vorabend der großen Reise leistete ich eine Verabschiedungsanzahlung, und küßte Rehlein und Opa innig und multipel.
Doch als ich hernach in den Keller hinabschlich, wehte mich ein kaltes Einsamkeitsgefühl an.

Dienstag, 9. Januar
Ofenbach – Bad Aibling

Zunächst weißgrau. Hi und da verschneit
in Salzburg sonnig wie in Kanada
(auf so manch einer Postkarte)

Gestern hatte Rehlein darauf bestanden, geweckt zu werden, da sie mir ein ordentliches Frühstück zubereiten wollte.
Unfaßbar, was alles noch gepackt und bedacht werden mußte!

„Wer sagt mir, ob ich den Opa jemals wiedersehe!" dachte ich unglücksgelähmt beim Frühstück.

Rehleins selbstgebackenes Brot mit Philadelphia und Honig mundete unglaublich, und ich hätte Rehlein so gerne noch viel intensiver genossen. Doch Rehlein wrang bereits an Orangen herum, und dachte angestrengt für mich nach, so daß sie einen ganz besorgten Ausdruck ins Gesicht bekam, den man als Außenstehender am liebsten wegwischen würde.
Rehlein mußte z.B. denken, daß die Reifenauswuchtung an meinem Auto vielleicht ganz teuer würde, und ich denen klarmachen müsse, daß ich finanziell nicht auf Rosen gebettet sei. Sogar die

Worte und Formulierungen, die ich in der Werkstatt anbringen sollte, überlegte Rehlein sich für mich.
„Die aus dem Osten, die formulieren es immer so, daß sie *sich* in den Mittelpunkt stellen" wußte Rehlein zu berichten.
Zu diesen Worten trat der Opa an Land.
Und auch der Opa macht sich immer Gedanken um seine Lieben.
„Kann man da nicht einen Autozug nehmen?" frug er gar mehrfach, damit ich nicht so lange den Gefahren auf den Straßen ausgesetzt wäre.

Rehlein wurde ganz nervös, weil ich einfach nicht wegkam. Nicht weil Rehlein mich loswerden will, sondern mehr nach dem Motto: "Lieber ein Ende mit Schrecken, als ein Schrecken ohne Ende!" da ein Abschied für das feinfühlige Rehlein immer furchtbar ist.
In Wiener Neustadt, einer Stadt, die es nicht gut mit mir meint, war's leider ganz häßlich.
Zunächst fand ich keinen Parkplatz, und so parkte ich ungeschickt und illegal auf einem Parkplatz vor dem Möbelhaus. Es zwickte und piesackte mich, daß ich Ming & Rehlein hier gleichzeitig so nah und doch so fern bin!
Sogar jetzt, beim Niederdichten in meinem „Romantik-Hotelzimmer" fühl ich jene beklemmende Traurigkeit, die ich da fühlte nach.
Mir tat es auch weh, daß ich Mobbl nicht mehr besucht hab, um ihr die Laterne ans Grab zu stellen,

und wie ich buzesgleich immer nur schöne Worte mach, und keine Taten folgen lasse?

Frau Leonskaja habe ich auch nicht angerufen, und dachte nun darüber nach: Wahrscheinlich hab ich einfach keine Lust, meinen Graus vor den östlichen Interpreten, die sich so wichtig dünken, und denen immer alles in den Arsch geschoben wird, zu überheucheln?

Um 11:51 machte ich eine erste Rast im „Rosendorfer". Ich saß so da, und schaute durch ein großes Fenster, aus welchem die Sonne etwas alpenpostkartenhaft hereingrellte.

In meinem Visier sah ich einen speckigen jungen Herrn und bildete mir ein, dies sei Valeri Oistrach, der Enkel des legendären Geigers, der sich ebenso wie ich auf Reisen befänd´.

Ich aß einen Salat, der besser ausschaute, als er schmeckte, und bestellte hernach den sog. „Hit-Nachtisch" im Hause Rosenberger: „Topfenknödl auf Heidelbeerspiegel".

Meine Lektüre über die Kunst, Kriminalprofile zu erstellen, begann mich wieder zu bannen, nachdem das Buch so lange munkeleswarm war:

Es ging um eine junge Dame, in welche sich ein Kollege bis zur Raserei verliebt hat...na, wenn das kein Sujet ist?

Dann rief ich Rehlein an.

Rehlein hatte heute schon mit Buzen telefoniert, weil ihr der Abschied von mir so nahe gegangen war, daß sie unbedingt einen Ansprechpartner brauchte, und nun erzählte sie mir, wie sie ihre neue Bankkartengeheimnummer als Telefonnummer getarnt irgendwo hingeschrieben hat, und ich wiederum riet in Friesenlogik, die Nummer in eine Kartoffel hineinzuritzen und Selbige aufzuessen. Dann habe man sie intus.

Nach einer Weile fuhr ich weiter. Meine nächste Rast legte ich in einem etwas niedrigeren Flachdach-Rosenberger ein, doch dieser Rosenberger gefiel mir nicht so sehr, so daß ich den Lob & Tadel Bogen leicht kritisch ausfüllte. Ich schrieb allerdings dazu: „Ansonsten bin ich ein großer Rosenberger-Fän!", damit man sähe, daß ich es gut mit ihnen meine.
Die beiden Kellner waren nicht unfreundlich, so jedoch zu unpersönlich und hinzu wenig greifbar. Der Cappuccino bestand zu zirka 75% aus Sahne, und der Apfelstrudel wurde zeitversetzt geliefert und war fast kalt.

Auf meiner dritten Fahrtetappe wurde ich sehr von der Sonne geblendet, und wie zum Hohne sang Udo Jürgens dazu: "Die Sonne... die Sonne und duuuuh..."

Im Raum Salzburg war es so atemberaubend schön: (Zackige Berge im Abendrot), und im Geiste sagte ich Ming liebevoll: "Da hättest auch duuu eine Freude gehabt!" Und das „du" färbte ich von den vielen Gesängen so ein wie Udo Jürgens.

Heute war ich etwas listiger als sonst, und verließ bereits um 18 Uhr die Autobahn, um mich endlich mal zeitig in einem warmen und gemütlichen Hotel einzuquartieren: Im Romantik-Hotel in Bad Aibling/ Bayern.

Mittwoch, 10. Januar
Bad-Aibling - Trossingen

Weiß bewölkt, leicht verschneit. Abends Regen

Das Hotel „Romantik – Lindner" ist so fantastisch, daß ich´s am Morgen in mein Elektronotizbuch eingespeichert hab, denn vorallem das Bett schien mir so angenehm, daß ich beim Hineinschmiegen gar vom Gefühl gepackt wurde, ich umarmte mich mit meinem Bett! (So zweisam und geborgen kommt man sich darin vor.) Ein Mensch, so schien mir, würde darin nur stören, und dabei ist das Hotel doch mehr für Frischverliebte gedacht, wie der Titel Romantic-Hotel verheißt.
Gestern frug ich die Dame am Empfang, ob romatische Singletten wohl auch geduldet seien, und wie man sieht durfte ich bleiben weil ich romantisch bin.

In Trossingen zur Mittagsstund:
Der erste Mensch, den ich in Trossingen traf, war die Verkäuferin vom Nudelhaus. Eine Dame, mit der ich leicht befreundet bin, ohne zu wissen, wie sie heißt. Ich erfuhr, daß sie ein ganzes Jahr, - sprich, bis zum Sommer - nicht arbeiten wird, weil sie sich auf sich selbst besinnen möchte!
Nach dieser Erörterung verabschiedeten wir uns schnell, d.h. ich hielt ihr gar die Hand hin, doch die Verkäuferin hatte sich bereits umgedreht und entfernte sich. Von der Ferne hat´s wahrscheinlich so ausgeschaut, als recke ich jemandem die Hand zur Versöhnung hin, doch dieser Jemand ergreift sie nicht.

Abends rief ich den Prof. W. zu seinem 48. Geburtstag an.
Der erfreute Professor erzählte, daß er mich vor zwei Tagen angerufen habe, um mich zu seiner Feier einzuladen.
Dann erfuhr ich noch das Unglaubliche: Daß er dieser Tage *schon wieder* Vater wird! Ein kleiner Wolfgang soll es werden. Und außerdem wurde er im Sommer erstmals Opa: „Benjamin".
Die Mutti vom Prof. W. habe am Telefon gesagt:
"Paß auf, daß du nicht noch Kinder zeugst, wenn du schon Uropa bist!"
Doch dem W. gefielen diese Worte nicht, da´s ja ein Hobby von ihm ist, Kinder zu zeugen.

Donnerstag, 11. Januar

Abscheulich trübe.
Mittags regnete es kurz,
und der Friedhof im heiseren Nebel
gefiel mir nicht ganz so gut wie derjenige in Aurich

Zu meiner Verblüffung machte das Telefonat mit der Hilde so viel Spaß und war hinzu sehr interessant: Die Hilke befindet sich derzeit in einem sehr seifenopernartigen Lebensgebilde, das jeden Moment einstürzen könnte:
Ich erfuhr, daß der Omar jeden Morgen um viertel vor sieben das Haus verlässt, um in die Schule zu gehen.
Um 16 Uhr kehrt er dann zurück, und morgens steht er um fünf Uhr auf, um noch eine Stunde lang zu lernen.
Wenn alles klappt, hat er dann im Sommer 2003 sein Abitur.
Abends muß der Omar von 18 Uhr bis 18:45 unbedingt „verbotene Liebe" anschauen, und die Hilde wird immer ganz wahnsinnig davon, wenn sie müde nach Hause kommt, und der Omar unbeweglich wie ein Stein vor dem Bildschirm sitzt.
„Man könnte es doch aufnehmen, und später anschauen!" schlug ich eheberaterinnenhaft vor – doch am Nachmittag beim Joggen wurde mir wiederum ins Hirn gespült, wie der Omar dann erst recht

ausrastet, wenn er die Hilde mit der Videokassette hantieren sieht
„Mir wird niemand vorschreiben, wann ich fern zu sehen habe!" denkt er, und prügelt sie womöglich erstmals windelweich?
Wegen der „verbotenen Liebe" haben Hilde und Omar sich schon so gestritten, daß ernsthaft an Scheidung gedacht werden mußte. Außerdem schickt der Omar grundsätzlich immer ein Drittel seines Geldes in den Senegal, und überhört Hildes Bitten und Flehen, daß man das *besprechen* müsse, wo man doch jetzt eine Familie sei?
„Es ist grad so, wie mit einem verheirateten Mann," sagte die Hilde niedergeschlagen, weil man sich auch in diesem Falle nicht wie die erste Familie fühlen darf.
Manchmal verstehen sie sich allerdings gut, obwohl es strenggenommen nicht die große Liebe war.
An manchen Tagen frägt der Omar halb lustig, halb bedrohlich:
"Wollen wir uns wieder streiten, oder herrscht heut Friede, Freude Eierkuchen?"
Dann lacht die Hilde nett und sagt: "Heut herrscht Friede, Freude, Eierkuchen!" und so wird´s dann auch gehalten, da der Omar ein Mann ist, der sich sehr streng an Grundsätze hält, und einer davon lautet, daß Verabredungen einzuhalten sind.
Die Hilde erzählte, daß der Omar gar keine Ansprüche ans Leben stellt. Ihn interessieren nur die Menschen, mit denen er Spaß haben will.

Der Omar findet die Hilde sehr kompliziert, denn *er* bräuche keine Bücher und würde auch von alleine nie ins Konzert oder ins Theater gehen. Wenn er dann allerdings zu einem solchen Kulturgenuss mitgeschleift wird, so gefällt es ihm wiederum stets sehr gut, wie er eifrig zu versichern pflegt.
Kulturgenüsse dieser Art sind für die kultivierte Hilde ein richtiggehendes inneres Bedürfnis!
Hildes Schwester Hedi und ihr Mann „Mars" (ein Mohr aus Ghana) haben am Anfang auch schrecklich gestritten, doch nun sind sie seit vier Jahren ein Paar, und man kann summasummarum sagen: "Sie haben sich zusammengerauft."
Außerdem ist die Hilde beständig am Aufräumen, weil halt jeder alles liegen lässt. Am Tag vor Hildes Geburtstag haben sie sich so schrecklich gestritten, daß der Omar sagte, er könne jederzeit mit dem kleinen Yussuf in den Senegal zurückkehren, und „damit hätte es sich´s dann"...
Dieser Gedanke wurmte die Hilde, denn der kleine Yussuf ist ihr das Liebste auf der ganzen Welt!

Ich las im *Stern* über Boris Beckers Ehemisere: Wie die Straps-Babs den Boris mal vor allen Freunden nachäffte, wie er so redet, und wie sie einmal so grauenhaft sang, daß der Boris vor Scham hätte im Boden versinken mögen, als er mit seinen Freunden gemütlich beisammensitzen wollte. Denkt man da nicht an „den Rosenkrieg"?

Am Nachmittag besuchte ich den Friedhof.

Frau Weißers Grab fand ich allerdings nicht, weil ich gar keinen Ansatzpunkt hatte, wo ich wohl herumsuchen sollte?

Herrn Hamanns Grab hat sich dahingehend verändert, daß nun ein schlichtes Holzkreuz mit seinen Eckdaten, und ohne den künstlich übergestülpten Professorentitel von seiner ehemaligen Existenz zeugt.

Liebevoll, von zarter Hand dort hingebettet, liegt eine echte Rose auf seinem Grab, und ich kehrte nach einer Weile nochmals dorthin zurück, um mir seine Nachbarn einzuprägen:

Rechts wohnt Ehepaar Benzing:

Hans und Anna (wie in der „Lindenstraße").

Beide geboren im Jahre 1900.

Er wurde nur 49, sie immerhin stolze 88. Und so teilte man, ohne es gewußt zu haben, eine Weile lang das Leben auf Erden, und nun liegt man nachbarschaftlich nebeneinander, um gemeinsam die Ewigkeit abzusitzen – erst im Tode vereint.

Links wohnt das Ehepaar Reinbeck: Hildegard und Richard – beide gestorben im Jahre 2000.

Im Geiste erzählte ich Rehlein davon am Telefon in einem Tonfall, als handele es sich dabei um etwas Wissenschaftliches.

In der Nähe stand ein trauernder Herr an einem frisch aufgeschäumten Grab...

Abends telefonierte ich mit der Omi, die jetzt von der guten Frau Wyss bekocht und betreut wird, so daß sich eine späte Zufriedenheit ausbreiten kann.
Die Kionczyks machen´s nun nicht mehr...sie können nicht mehr.

Dann besuchte ich die Hochschule.
Auf den Zeitungsausschnitten an der Littfaßsäule konnte man sehen, daß Herr Reimer ein altes Männlein geworden ist.
Neulich gab er ein kleines Konzert auf dem Klavier, und auf dem Foto sah er aus wie ein kindischer alter Klavierprofessor mit schütterem länglichen Haar.

Abends telefonierte ich mit Ute M.:
Ich erfuhr, daß das Baby für den 2. Mai erwartet, und somit ein Geburtstagsnachbar Buzens wird.
Ute & Martin gehen jeden Dienstag um 18 Uhr zum Partnerschaftsschwangerschaftstraining.
Die Ute, mit 37 Jahren nicht mehr die Allerjüngste, verzichtete auf alle Tests, Ultraschall und all den modischen Hokuspokus und möchte der Natur ihren freien Lauf lassen, denn, so Ute: „Schwongerschoft ist keene Krankheit."
Der Martin muß sich morgens immer schon um fünf Uhr erheben, und Ehezwisteleien habe es bislang noch gar keine gegeben, da man perfekt zusammenpasse.

Freitag, 12. Januar

Grau. Schmutzige, ziehende Wolken

Zu meinem Karo-Kaffee las ich die unfassbare Geschichte über Ed Gein.
Ein Verkäufer war auf der Jagd, während ihn seine Mutter im Geschäft vertreten sollte. Als er Abends heimkehrte war das Geschäft aber abgeschlossen, und im Flur befand sich eine Blutlache.
Der Sohn hatte gleich einen Verdacht, daß es Ed Gein war, der sich gestern nach einem Frostschutzmittel erkundigt, und wie beiläufig gefragt hatte, ob der Herr wohl gedächte morgen auf die Jagd zu gehen?...Im Schuppen von Ed Gein fanden die Polizisten dann die ausgeweidete Leiche der Mutter, und in Ed Geins Wohnung war alles aus Leichenteilen gemacht.
Sogar einen Gürtel, bestehend aus lauter Brustspitzen, hatte er gebastelt!
Zu seiner Ehrenrettung muß allerdings gesagt werden, daß er die meisten Toten vom Friedhof gestohlen hatte.
Dann übte ich los.
Gedanklich beschäftigte ich mich damit, wie ich mit Buzen telefoniere, und ihm das erzähle, was mir die Hilde wiederum gestern erzählt hat:
Daß der Gustavo sich buzesartig stundenlang damit auseinandergesetzt hat, wie man die Finger wohl

noch geschmeidiger aufklappen kann – und nun
könne er überhaupt nicht mehr spielen!

„Geh zum Psychiater!" wollte ich Buz fast
mingesartig sagen.

Um neun Uhr begann der depperte Japaner Hikaru
neben mir stupide Übungen auf der Posaune zu
blasen.

Es störte mich so entsetzlich, daß ich als Übende in
die Küche umzog.

Doch dort hatte ich wiederum das Gefühl, er bliese
im Treppenhaus.

Ich hoffte so, daß sich Frank Golischewski, der
unter mir lebt, beklagen würde, weil ich
dummerweise zu schüchtern dazu bin.

Ich stellte mir vor, *wie der Nachbar argumentiert, daß ich
doch auch übe, und wie ich sagen will: "Ich spiele dafür schön
und zart wie eine Fee, und mache keine stupiden
Blechblasübungen – bzw. natürlich Burechburasuübungen !"*
(verspottete ich im Geiste den japanischen Akzent.)

Wenn der Frank kommt – so weitete ich meine
Gedanken aus – *hört er vielleicht, wie ich gerade sage: "Das
ist mein Land! Ich darf hier machen was ich will! Flieg du
doch nach Japan zurück!"*

Doch nichts dergleichen geschah.

Ich las die Zeitung:

Man konnte beispielsweise über den neunjährigen
Sedat lesen, der vor drei Tagen verschwand.

Ein unbekannter Mann lockte ihn mit Pokémon-
Karten hinweg, und entschwand Hand in Hand mit

dem Knirps in eine große, ratlos stimmende Nebelsuppe hinein.
Er wurde nie wieder gesehen.
Gestern jaulte dann ein Hund auf, weil sich in einem alten Koffer beim Kleidercontainer die enthauptete Leiche des Knaben befand!

Die Bibliothek hatte leider schon geschlossen, und durch ein Fenster der gegenüberliegenden Musikhochschule sah ich, wie Herr Yldriz einem Mädle den Plattwinkelbogenstrich beibrachte.

Samstag, 13. Januar

Sonnig und wolkenfrei

Fast wäre ich ins Caféhaus gegangen, doch stattdessen ging ich auf den Friedhof.
Dort sah ich jenen geheimnisvollen, stillen schlanken und hochgewachsenen Herrn mit dem schwarzen Zylinder auf dem Kopf, in kühlem Sonnenscheine einherpromenieren. Einen Herrn, den ich schon oft gesehen, aber noch niemals angesprochen habe.
Ich bildete mir ein, er sei der Tod.
Im Glanze der Abendsonne sah der Friedhof wunderschön aus.

Am „Gaugerstüble" hätte ich mich theoretisch mit einer kleinen Familie mit Kleinkind befreunden

können. Der junge Mann sagte so nett: "Hallo!" so als würden wir uns kennen. Und dann sagte er noch: "S isch sehr frisch – so ohne Handschuhe!"
„Haha", sagte ich schlicht, und bar jeglicher Aussagekraft, und da merkte ich, wie es dem Norm-Erwachsenen so geht: Eine Hand die Freundschaft schließen möchte wird ihm entgegengereckt, doch er ergreift sie nicht, weil er lieber in Ruhe und allein über seine Feinde und all das Deprimierend-Empörende drumherum nachgrübeln möchte.
Beim Weiterlaufen surrte die ganze Zeit das Dreirädchen mit dem Kleinkind hinter mir her, doch ich drehte mich nicht mehr um...

Als ich meine steifgefrorene Wäsche abgepflückt hatte und ins Haus trug, traf ich den Hikaru.
„Scheene Wetta!" sagte er geistlos auf ausländer-deutsch.

In „Brisant" sah man, daß der Mörder vom kleinen Sedat schon gefasst worden ist:
Es handelt sich um den 23-jährigen „Oliver S." einen jungen Mann, der sogar eine Freundin hat.
Die wollte am Nachmittag zu Besuch kommen, und bis dahin mußte er die Leiche beseitigt haben. Also stopfte er sie in den Kleidercontainer.

Das Milano hat leider dichtgemacht, und so aß ich im Hotel Schoch zu abend.

Ich saß so da, schaute in die Erkernische auf zwei verruchte Damen drauf, und schickte all meine Gedanken und meine ganze Liebe zu meinen Lieben nach Ofenbach.

Serviert wurden Schweinelendchen mit Gemüse und Kroketten. Das Servierfräulein war so nett, daß man von großer zwischenmenschlicher Wärme erfüllt wurde.

Ich las über den Scheidungskrieg vom Boris und dann lief ich durch die Kälte der Nacht am Bestattungsinstitut „Hafa" vorbei.

Sonntag, 14. Januar

So schön, daß man es kaum glauben konnte

Besuch bei den Nowaks im Neckartal:
Freudig wurde ich von Mutti Ute begrüßt, und das Hubertchen in der Küche war bereits für seine Lieben tätig und kochte.

Bei dieser Gelegenheit lernte ich auch die kleine Rosalie, die vielleicht ein wenig fischig und unanfasslich ist, so quasi wie neu kennen. Ein kleines Kind mit goldgelbem Haar, das sich im Nacken anmutig kräuselt.

Die Feli mit zwei kleinen Rattenschwänzchen links und rechts am Haupt sah ich zunächst nur von hinten, da sie auf dem Boden kniete, um ein Bild als Willkommensgeschenk für mich zu malen.

(Drei Blumen wurden daraus.)

„Feli, willst du der Kika „hallo" sagen, oder erst das Bild zuende malen?" frug Mutti Ute auf ihre sanfte, mütterliche Art.

„Erst das Bild zuende malen!" brummte die Kleine.

Wir Damen saßen auf der Berschere und schauten uns Fotoalben an.

Die Rosalie stand vor uns, und sah somit alles falschherum.

Manchmal begrabschte sie wüst die Seiten und krisch zuweilen sogar ungezogen auf.

Die Feli sagte ganz viel Erklärendes zu den Bildern, und ich hab das Gefühl, sie spricht so gern die Worte „die Rooosalie" aus, weil sie keine Gelegenheit ausließ, und den Namen immer ganz klar und deutlich mit gespitzten Lippen auf Hochdeutsch aufsagte – so wie in der Schauspielschule.

Ich staunte, was man allgemein in den letzten vier Jahren alles erlebt hat, und fühlte dabei meinen niedrigen Blutdruck, und wie mich all diese Aktivitäten eigentlich nur anstrengen würden. Z.B. segeln, oder sich für die Fasnet zu verkleiden...

Dann zeigte uns die Feli, wie sie einen Purzelbaum zu schlagen versteht, und blieb manchmal auf halber Höhe des Geschehens stecken.

Und schon wurde zum Mittagsessen getrommelt.

Der Hubertchen verhält sich immer so vorbildlich als Vater, und mir gefiel die ernsthafte und ruhige

Art, mit der er Anteil am Leben der Kinder nimmt. Und doch hat der Hubert, ähnelnd Tone und Onkel Eberhard, eine etwas loggoröhdämpfende Wirkung auf mich in jenem Sinne, daß mir plötzlich schlagartig nicht mehr viel einfällt, was man reden könne?

Die Feli ist nicht besonders folgsam veranlagt und rannte einfach vom Tisch hinweg, als es galt, den Salat zu essen.
„Feli, bleib bitte da und iß den Salat!" sagte das Hubertchen mit Nachdruck, doch einen Nutzen haben seine Worte nicht gehabt...

Dann gab es rosa Pfannkuchen, und die Rosalie heulte laut, als man ihr eine Pilzsoße drübergelöffelt hatte.
Überhaupt verfiel sie so peu a peu in ein lautes und blechernes Plärrkonzert.
„Die isch todmüde!" sagte der Hubert erklärend und verständnisvoll, bloß frägt man sich wieso das Wammerl todmüde sein soll, wo´s doch nichts gearbeitet hat? Der Hubert brachte sie ins Bett, und davon plärrte sie noch lauter.

Nett hatte ich angeboten, daß Ute und Hubert Flitterwochen in Bad Aibling verbringen könnten, und ich bleib so lange da und hüte die Kinder, und zum Prof. W. am Telefon hätte ich sagen können: "Ich kann heute leider doch nicht kommen, da ich

einen Job als Au-pair-girl angenommen habe, und es keinen guten Eindruck macht, wenn ich mir gleich am ersten Abend frei nehme."
Die Nowaks wollten aber nur einen Ausflug in einen Ausflugspark in Schömberg unternehmen, und hätten mich sehr gerne mitgenommen, zumal man bei meinem unsteten Lebenswandel ja nie weiß, wann man mich wiedersieht?
Ich aber fuhr erstmal wieder nach Hause. Daheim übte ich emsig auf meiner Violine, und das Wetter war so schön, daß es fast weh tat, als ich später zu den W.s nach Aldingen fuhr. Zu meiner Überraschung wohnt die Familie in einem riesigen Rat- oder Schulhaus.
Überpünktlich klingelte ich an der Tür.
„Wowa-Productions" (Wowa-Prodakschns) verkündeten zwei Klingelschilder geradezu international.
Der Hausherr selber öffnete die Tür, und begrüßte mich mit dem gebotenen Überschwang.
Der Besuch war nett, aber auch ein wenig mühsam.
W.s halbwüchsiger Sohn „Matze", der mit seiner halblangen, verfilzten Moppfrisur schockieren und wachrütteln will, hatte auch wieder eine loggoröhabdrehende Wirkung auf mich.
Nicht nur auf mich, sondern auch auf alle anderen, und die Erwachsenen haben große Angst, in seinen Augen spießig zu wirken.
Er sagt nie ein Wort, und in seiner Aura kommt man sich so komisch vor.

Nur Mutti Nicoletta hatte grad so wie Ljiliana Neckermann in den alljährlichen Weihnachtsbriefen (der ruhende Pol der Familie) alles im Griff. Auch Schwiemu und Schwiegeromi waren aus Rumänien herbeigereist, und kein Mensch weiß wann, oder ob die beiden überzeugten Katholikinnen (katholisch bis zum Anschlag, wie die Kreuze im Dekoltée vermuten lassen) wohl wieder nach Hause fahren?
Man kann mit ihnen allerdings nicht so viel anfangen, da sie bloß rumänisch sprechen, und das spricht ja der Normalbürger nicht.
Es gab Apfelstrudel und Kaffee, und der Hausherr, trotz des warmen ansprechenden Humores, wirkte doch irgendwie ein bißchen verloren inmitten seiner Großfamilie mit all den verschiedenen Temperamenten, mit denen man sich nun gewaltsam gut mischen sollte, auch wenn man mehr als 90 % von denen von sich aus wohl kaum zum Freund gewählt hätte?

Dann zeigte man mir die Räume des Hauses, die alle einen Namen haben.
Das Klo z.B. heißt „Justus Frantz" und einer Besenkammer hat man die Widmung „dem unbekannten Musikwissenschaftler" verpasst.
Damit ist kein Geringerer als der Prof. Kebap gemeint.
Jenes Zimmer, in welchem der Weihnachtsbaum neben dem „Geflügel" (hahahaha) steht, hat man aus Verehrung von W.s betagter Klavierlehrerin „Salon

Gisela Sott" genannt, und an den Wänden hängen großformatige Fotografien der Klavierpädagogin, von welcher es heißt, sie mit ihren 89 Jahren, läge seit zirka acht Wochen im Sterben...

Montag, 15. Januar
Trossingen - Stuttgart

Zunächst etwas grau und dunstig.
Am Nachmittag schön und sonnig

Ab fünf vor zehn schaute ich aus meinem Dachfenster, weil ich auf voyeuristische Art die Professoren beim Aussteigen aus ihrer Limousine beobachten wollte.
Am liebsten hätte ich einen Feldstecher auf jene Stelle draufgerichtet, auf welcher Herr Reimer dann doch nicht einparkte.
Auch wenn in meinem Tagebuch immer wieder die Rede draufgeschwenkt wird, daß mir Herr Reimer wurst sei, fror ich wegen ihm fünf Minuten lang. D.h. meine obere Hälfte, die sich aus dem Fenster reckte fror, während die untere an der Heizung gewärmt wurde.

Schließlich packte ich mein Auto für die lange Reise, und einmal begegnete ich im Hof dem mittlerweile 40-jährigen Frank Golischewski, der heut erst aus Berlin zurückgekehrt war.

Wie in einer mittelmäßigen Seifenoper tauschten wir uns darüber aus, daß der eine geht und der andere kommt, und daß das Wetter nun nicht mehr so schön sei, so daß mir der Abschied heut nicht ganz so schwer fällt, wie er mir gestern gefallen wär.
Dann schenkte ich dem Frank meine Milchprodakts (hahahaha, denkt man da ans Türschild eines gewissen Jemanden?)

Schließlich schwang ich mich zu meinem Besuch in Herrenberg bei Ute M. auf.
Das Wetter wurde wieder ganz zauberisch, und ich verfuhr mich hi und da, obwohl mir die Ute den Weg doch so idiotensicher beschrieben hatte!
Schließlich hatte ich Glück:
Zuerst ein großes Glück – indem ich nämlich in den Stadtteil Haslach fand, und dann ein kleineres aber feineres Glück, indem ich mich in die richt´ge Straße einzwirbelte. Die schwangerschaftsverformte Ute sah man bereits auf dem Balkon aufblitzen. Freudig begrüßten wir uns, und ich wurde durch das etwas enge Apartment geführt, und bestaunte beispielsweise die schöne Weihnachtspyramide aus dem Erzgebirge. Ute und ich setzten uns sehr nett zu Kaffee & Kuchen nieder, und die zufriedene und frohe Ute erzählte mir, wie´s so sei:
Der Martin erhebt sich allmorgendlich um 6 Uhr 15, weil er den Tag gern gemütlich angeht: Beispielsweise mit Zeitunglesen..

Am Sonntag gönnen sich die beiden einen Ausschlafungstag, und dann gibt's ein schönes Brunch, zu welchem man Zeitung liest und ganz einfach das Gefühl genießt, nicht mehr allein zu sein.
Auf dem Klavier stand ein edler Nußknacker, und zum Schluß lernte ich den Martin doch noch kennen. Er leuchtete wie eine Sonne, und ich fand ihn sehr nett.
Warm schüttelte er mir die Hand, und stellte sich unkompliziert als „Martin" vor. Er, den ich zunächst nur in Form einer Postkartenunterschrift kennengelernt habe, hat somit Fleisch und Kontur angenommen.

Abends in Stuttgart:
Den Omar sah ich bereits als dunkle Silhouette in sein viergeschossiges Mietshaus einbiegen, und begrüßte ihn wenig später im Hausflur.
Es hatte geheißen, daß der Omar heute abend zum Basketballtraining ginge, so daß ich mich innerlich schon freudig darauf eingestellt hatte, daß ich mit der Hilde lauter Ehepsychologate führen könne, – doch der Omar blieb wegen seinem Muskelkater daheim.
Oben wurde ich von Hilde und Yussuf empfangen.
Der Yussuf lachte laut vor Freude über mich und patschte mir mit den Händen froh und übermütig ins Gesicht.
Die Hilde gibt sich große Mühe, eine sehr gute Mutter zu sein, und in ergebener Fröhlichkeit spielte sie mit dem kleinen Yussuf herum.

Für den kleinen Yussuf eine riesengroße Freude – und für Mutti Hilde eine Anstrengung.
Doch die sich anschließende Bettbrungsprozedur war mit lautem, enthemmtem Wehgeschrei verbunden.
Später erzählte mir die Hilde mild, wie ungeheuer anstrengend das Leben mit einem Kleinkind sei.
An manchen Morgenden kann sie sich kaum erheben, weil sie sich von all dem derart gerädert fühlt.

Der Omar hatte ein köstliches Gericht aus seiner Heimat – roten Reis mit ganzen Hühnerbeinen - aufgetischt. Genußvoll nahmen wir Damen Platz und scherzten rum, wie´s wohl sei, wenn die Hilde den Yussuf eines Tages vom Kindergarten abholt, und ihr einfach ein falsches Kind herausgerückt wird? Sie als Mutter sieht sofort, daß es das falsche Kind ist, doch die Pfleger reagieren völlig verständnislos, weil die Nummer angeblich stimmt.

Dann erfuhren wir, daß der Omar morgen um viertel vor acht eine wichtige Prüfung hat. Leider sei er nicht sehr gut in der Schule, erzählte er. Seine schlechteste Note liegt bei 4,9 und die beste bei 3,5, und Mutti Hilde bangt bereits sehr, ob er im April wohl das Probehalbjahr in der teuren Privatschule besteht?

Ich erfuhr, daß Hildes 12-jähriger Neffe „Tejani" von seinem Opa Harmen für gute Schulnoten immer ganz viel Geld bekommt, und somit ein höchst brillianter Schüler ist.
„Könnte man dies nicht auch mit dem Omar betreiben?" regte ich an. „Für eine Drei gibt es einen €uro, für eine Zwei zehn €uro, und für eine Eins würde er von seinem großzügigen Schwiegervater gar mit hundert €uro belohnt!"

Zum Schluß hängten Hilde und ich die Wäsche an der Wäschespinne auf. Der Omar im Studierzimmer sagte durchs Babyphon auf gespenstische Weise: "Guuuuhte Nacht!" und die Hilde mußte ungeheuerlich darüber lachen. Sie bekam einen echten Lachkrampf und lachte Tränen, zumal dies ja eine wirklich köstliche Idee war.

Dienstag, 16. Januar
Stuttgart - Grebenstein

Hell-sonnig.
In Hessen zart puderverzuckert und eiskristallisiert

Der kleine Yussuf saß auf seinem Hochsitz.
Zuerst durfte ich ihn mit einem Brei füttern, und den Mund hat er dazu so weit aufgesperrt, daß es ausschaute, als würde er singen.

Mit seiner derzeit üppig sprießenden Frisur sieht der kleine Schatz aus wie ein klingelnder Wecker – so quasi symbolisch dafür, daß er einem von früh bis spät auf den Wecker geht.

Dauernd deutet er mit seinem zartgebräunten Wurstfinger mit blasser Spitze auf irgendwelche Dinge, die er haben will, um sie sodann herumzubeuteln oder gar herumzuschleudern! Und bekommt er etwas nicht, so verfällt er augenblicklich in die „Aktion Plärrton"!

(Worte wie vom Prof. Hamann. „Aktion Streichquartett".)

Ständig muß man alles, nach dem er greift, von ihm fernräumen, so daß er nachts vielleicht Alpträume bekommt, weil er das, was er haben will, nie erreicht?

Die Hilde hatte ihm so niedliche Bastschühchen angezogen, und wenn er die Spitze aufsetzte, so sah es aus, als agiere er beim Ballett.

Dann hat die Hilde den Hochsitz so umgeklappt, daß ein Tiefsitz mit Tisch daraus geworden ist, an welchem der Yussuf sein Bilderbuch hätte studieren können. Ein Bärenbuch mit kindischen Reimereien, durch welches man auf jeder Seite zwei Finger hindurchstecken konnte. Doch tat´s die Hilde, so biss der Yussuf gleich zu!

Einmal schaukelte der Yussuf auf seinem Schaukelpferdchen, daß man von hinten so auf ihn draufschaun konnte, und ich mußte über das doch sehr fremde Kind mit unbekannten senegalesischen

Genen, das die Hilde an ihrem Solinger Busen genährt hat nachdenken, und frug mich stellvertretend für die Hilde nicht unbang, ob´s vielleicht später mal ein unverschämter Schnorrertypus mit Schweißfüßen wird, dem alle hinterherstöhnen? Und was man da als Mutter bloß ausrichten könne, um dem entgegenzuwirken?
Dann schaute ich noch ein Fotoalbum von Yussufs erstem Jahr an, und seltsamerweise weht mich auf Fotos, wo sich Hildes Verwandte versammelt haben, immer ein leichtes Gefühl der Traurigkeit an.

Am frühen Abend in Grebenstein:
Heute feierte die Omi ihren 88. Geburtstag.
Unsere Jubilarin in einer leuchtend roten Jacke saß fein herausgeputzt im Rollstuhl.
Frau Nebelsiek hatte eine Joghurt-Sahne-Torte gebacken, und nun wirkte sie im Duett mit der Omi dahingehend auf mich ein, daß ich vor den Konzerten etwas über die Werke sagen möge, weil´s alles Laien seien, die da säßen, und variierte dies Thema hessengemäß ein paar mal.
Als nächstes kam Frau Klein, von der ich höchst angenehm überrascht war, weil sie so nett und gepflegt wirkt, – und am Telefon hatte sie sich doch mal so hessisch-schnoddrig angehört, daß ich bis zu diesem Moment ein völlig falsches inneres Bildnis von ihr mit mir herumgetragen habe.
Sie erzählte von ihrer Tochter, die Karriere gemacht habe.

Doch mit 38 Jahren wurde ihr Kinderwunsch immer dringlicher, und nun sei sie eine 150%ige Mutti!!

Nach einer Weile gab es eine richtige kleine Besucherschwemme. Omis Neffe Bodo rückte mit seiner polnischen Ehefrau Viescha und dem 14-jährigen Sebastian an.
Unglaublich, was aus dem propperen Baby von einst geworden ist: Ein teigiger, quadratgesichtiger, übergewichtiger Jüngling, der nur stumm dasaß.
D.h. beim Abschied krümmte sich der gute Junge küssend um das verglimmende Lebenslicht im Rollstuhl herum.
In Bodos Gesicht spiegelten sich die Züge der jüngst verstorbenen Tante Marie, die ihrerseits wiederum auf jenem Portrait an der Wand zu finden sind, das Buz von seinem Opa Karl angefertigt hat.
Als nächstes kam Frau Wyss, die vielleicht gemeint, oder gehofft hatte, durch mich ein wenig vom Alterstrott entlastet zu werden? Doch man hat´s zu spüren bekommen, wie die Omi schon wieder um den Pfad der Gewohnheit gekämpft hat.

Nachdem die Besucher sich empfohlen hatten, setzte ich mich in Einposaunierungsbereitschaft neben das Moribundenohr, obwohl ich gar keinen gesteigerten Berichtdrang verspürte.
Froh und dankbar war ich somit über jeden Anruf.
Fast ging´s so zu wie beim „Musikalischen Sommer", denn der Abend war mit Anrüfen geradezu

durchsiebt! Rehlein und Ming riefen auch an, als die festlich gekleidete Omi unter den Fittichen von Frau Wyss zum Häusl hinweggewackelt war, und ich klammerte mein Ohr an die Stimmen meiner Lieben, als wär's ein Anker auf hoher See.

Die süße Omi erzählte allen am Telefon, wie sie frischen Mut daraus geschöpft hat, daß sie jetzt 88 ist.
Omi: „Es ist doch besser, ich bin noch da – als man brächte mir ein paar Blümchen auf den Friedhof?"
Das fand ich so rührend, daß ich die Oma unglaublich liebte.

Mittwoch, 17. Januar

Etwas neblig und eiskristallig

Die zuckrig-verkrustete Straße vor Omis Haus erinnerte an eine Straße in Sibirien. Dies jedoch lag vielleicht daran, daß alle über die Kälte stöhnten.
Mit großer menschlicher Wärme begrüßte ich die Edith, die soeben an ihrem Auto herumschabte und zur Volksbank strebte.

In der Stube erzählte die Oma der guten Frau Wyss von ihrer bösen Schwiegertochter Ursula, und auch ich reckte meine Ohren der Erzählung gebannt entgegen: Einmal habe das böse Uschilein über einen Anzug, an dem der Onkel Eberhard so fleißig

herumgebügelt hatte, auf ihre arrogante 70er Jahre Art gesagt:
"Daaas soll gebüüügelt sein??"
Und ich konnte mir die Ursula mit ihrem Zahnbild und dem hinzugehörigen Ausdruck auf dem Gesicht bei diesen Worten so gut vorstellen.
Neu im unaufhaltsamen Ablauf des Alters ist, daß die Omi nicht mehr spazieren geht, was wirklich schade ist, da ich die Spaziergänge mit der Omi stets sehr genossen habe.
Einmal erinnerte ich die Omi daran, immer gerade zu gehen, und sprach vom Onkel Viktor, der einst durch die Straßen von Stuttgart und Esslingen lief, und immer so ausschaute, als habe er einen Spazierstock verschluckt. Und als er dann tot war, da ging der Sargdeckel ganz leicht zu – anders als bei Senioren, die immer so bananenartig-gekrümmt daherwackeln. Da kriegt man den Sargdeckel kaum zu, so ich.

Zur Mittagsstund´ ereilte uns ein anonymer Anruf. Fast hessisch-schnodderig und unhöflich wirkte es, als jemand einfach den Hörer auflegte, und ich frug mich, ob das wohl das Evchen gewesen sei?

Dann kam das Ehepaar Andreas zu Besuch. Herr Andreas hat ganz normal – vielleicht ein wenig in natürlichem Schwunge – die Tür zugeschlagen, doch da schossen auch schon gleich die Schröders beide hinter ihrer Tür hervor, weil´s bei ihnen schon krankhafte Züge angenommen hat, daß sie einen jeden verdächtigen, die neue teure Tür so laut zuzuhauen…

Später merkte ich dann, daß Herr Andreas sich aufgeregt und gekränkt fühlte, weil der Schröder, ein ehemaliger Schüler aus seiner Schule, einfach gesagt hat: "Haunse de Tür bei sich zuhause auch so zu???"
Ein Hackordnungsdilemma: Direktor – Schüler versus Hausbesitzer – ungebetener Gast?
Frau Schröder selber sieht sich in diesem nachbarlichen Krampf mehr in der Vermittlerrolle, indem sie begütigend sagte: „Mein Mann ist da empfindlich, und *Sie* haben´s jetzt abbekommen, das tut mir echt leid!"
Doch Herr Andreas hat sich noch lange nicht beruhigen mögen, und als ich nach zwanzig Minuten vom Trimmen zurückkehrte, redete er noch immer erbost darüber. Doch zuvor trimmte ich in einer zart-rosa Nebelstimmung so zirka zweimal um den Burgberg herum, und als ich wieder daheim war, war auch das Evchen zu Besuch gekommen.

Am Abend wurde die Oma nervös beim Gedanken, Frau Wyss könne nicht kommen, und redete ständig darüber, daß sie jaaa kommen müsse.
Ich selber komme mir in diesem Spielchen in den Augen von Frau Wyss ein wenig seltsam vor.
„Kann denn das Mädchen der Oma nicht mal ein Brot schmieren??" dachte ich stellvertretend für Frau Wyss stöhnend über mich selber.

Manchmal unterhielt mich die Oma, und ich saß daneben und sagte hi und da: „Mhm." (So, wie der Onkel Eberhardi.)

Alle Damen zwischen 0 und 90, die Omis Erzählungen pflastern, heißen „das Mädchen", so daß man sich schon nach kürzester Zeit nicht mehr auskennt, welches Mädchen nun gemeint ist.

So spielte ich das „Mädchen-Spiel", d.h. ich betätigte die Stopuhr um zu schauen, wie lange es dauert, bis die Omi wieder „Mädchen" sagt. Meist sind dann nur wenige Sekunden vergangen.

Die Oma saß frisch und rosig in ihrem Rollstuhl und wirkte ein bißchen so, als wolle sie uns alle überleben.

Dann sprach sie lang und variierend darüber, daß meine langen Telefonate mit dem Arno nicht gut seien, und rannte damit offene Türen bei mir ein. Doch ich bin zu schüchtern, um dagegen aufzubegehren. Meist ruft er spät abends nach 22 Uhr an, so daß man keine Ausrede mehr hat, das als Dauertelefonat konzipierte Telefonat rasch abzuwürgen, - es andererseits jedoch seltsam wirkte, wenn man jetzt schon von Müdigkeit und Bettgangsambition spräche.

„Hallöööl!" sagt er, und das leicht verformte Wörtchen, neckisch und nervend in einem, bildet die Keimzelle zu einem Endlostelefonat mit intellektuellem Einschlag, so daß es unkultürlich wäre, es vorzeitig zu beenden.

Dann erzählte mir die Omi eine Erbschaftsgeschichte über die Kionczyks, die mich ein wenig müde stimmte. Immer wenn ich Luft holen wollte, sagte sie: "Paß auf...." oder: "jetzt pass mal auf, Mädchen...." und erzählte weiter und weiter, und ich versuchte, mich dafür zu interessieren, doch derzeit leide ich an einem Mangel an Empathie für ganz junge, oder ganz alte Leute.

Der Oma könnte man seine kleinen Sorgen und Nöte gar nicht erzählen, da sie nur ihre altbekannten Schablonen darüber ausbreiten würde.

(„Ach Unsinn...")

Dann brachte ich meine alte Oma allerdings sehr warm und nett ins Bett.

Schön find ich, daß ständig Besuch kommt, und daß der erste Tag schon abgesessen ist. Nicht geübt.

Als ich dann ins Bett ging, hatte ich ständig in akkustischer Halluzinosenform im Ohr, wie die Oma mich „Mädchen" nennt.

Donnerstag, 18. Januar

Ganz blass. Puderschnee bestäubt

Beim Kaffeetrinken dachte ich über die Oma nach.
Ich frug mich, ob das Augenleiden von meiner Oma wohl dadurch begünstigt worden sein könnte, daß sie alle Menschen in „Jungen" oder „Mädchen" einteilt? Denn dadurch erscheinen die Figuren ihrer

Erzählungen seltsam gesichtslos vor meinem geistigen Auge, wie die mit Kreide auf den Asphalt gemalten Umrisse eines Toten, der vom Tatort hinweggeschafft wurde?

Nach einer Weile kam Frau Wyss, und ich scherzte verbindend mit ihr darüber, daß die Omi seit zirka drei Jahren morgens im Bett mit ihrem offenen Mund so ausschaut, als läge sie auf dem Katafalk.
Z.Zt. ist die Oma so plauderfreudig, und zeigt wenig Gespür dafür, daß es Frau Wyss auch wieder nach Hause zu ihrem Günther zieht. So quasi ohne Punkt und Komma erzählte die Omi von der alten Frau Abraham mit ihren hellseherischen Fähigkeiten, die dem Isele (Omis Brotherrn) einmal die Karten gelegt habe.
„Sie bekommen mehr Geld!" habe Frau Abraham gesagt, und tatsächlich lag die erste Frau vom Isele tot vor ihrem Bette, und dem Isele wunk ihre Lebensversicherung...

Dann saß ich neben der Omi und war leider nicht sehr unterhaltsam.
Die kleinen Honigbrotquadrätchen hatte *ich* zubereitet, und die Omi merkte nicht, daß es sich dabei um eine Fälschung handelte, denn eigentlich besteht die Omi sehr beharrend darauf, daß ihr die Frau Wyss das Brot genau so richtet wie jeden Tag.

Ich erfuhr, daß Buz noch einen Onkel Heinrich gehabt hätte, doch dem Onkel war es nicht vergönnt, in seiner Funktion als Onkel aufzublühen, weil er leider nur ein halbes Jahr alt geworden ist.

Dann sprachen wir darüber, wie's so sei, wenn einfach plötzlich eine unterste Karte aus dem Lebensgebäude herausgezogen würde:
Wenn Rehlein ihrem Mann beispielsweise beichten müßte, daß ich gar nicht von ihm gezeugt sei?
Dann wäre die Ella mit einem Schlag gar nicht mehr meine Oma, und es wäre wahrscheinlich nur noch irgendwie komisch und peinlich, sich mit diesen neuen Erkenntnissen gegenüber zu sitzen?

Später kam dann Omi Kionczyk.
Sie, die nun nicht mehr für die Oma kocht, kam in ihrer neuen Funktion als Zeitungsüberbringerin bzw. Diskussionspartnerin über das aktuelle Tagesgeschehen.
Die Babbelagen der Damen rauschten ein wenig an mir vorbei. Wie durch einen beharrsamen Tinnituston, der immer da ist, bekam ich am Rande mit, wie die Oma mit ihrer wirklich ganz bezaubernden hellen Stimme die Meinung von Frau Kionczyk in keinem Punkte teilen konnte.

Ich las, daß die Russin Ermakowa, durch den Geheimdienst und die Russenmafia getrieben, vom Boris durch Oralsex schwanger geworden sei.

Leider ist es immer sehr anstrengend für die arme Oma, aufs Häusl zu gehen, da man mit dem Rollator auf umständlichste Weise rückwärts einparken muß, so daß sie diesen sauren Gang – ähnelnd einem Menschen, der sich morgens nicht so richtig erheben mag, - immer ganz lang hinauszögert, und stattdessen dasitzt und vor sich hin monologisiert, so daß das Gegenüber zu einem Anmonologisierungsopfer zusammenschrumpft.

Dann las ich der Oma aus der Zeitung vor, und eine Geschichte war für uns beide von erhöhtem Interesse: Ein seit dem 11. Januar vermisster Taxifahrer wurde tot im Kleiderschrank seiner 34-jährigen Freundin entdeckt.
Die Freundin ging an diesem Tag in eine psychiatrische Klinik, wo sie derzeit wegen akuter Selbstmordgefahr noch nicht vernommen werden kann.

Ich erfuhr, daß die Wyssens direkt neben den Menzels im Haus Nummero 22 leben, und mit der trockenen Violinlehrerin Menzel sei, wie ich schon erahnt hatte, nur schwer auszukommen.
Der Onkel Hartmut habe, so die Omi, als junger Klavierschüler den historischen Moment, wo der Klavierlehrer Menzel das damals 17-jährige junge Ding frug, ob´s wohl seine Frau werden wolle, durch die Wand mitbekommen!

Und sogar der Hartmut selber habe eine Schwäche für die kühle Frau gezeigt, glaubte sich die Omi zu erinnern.

Wenn sich die Omi mittags zu einem kleinen Schlummer hinzulegen pflegt, freue ich mich über die 14 Uhr- Sendung in SAT 1:

Heut mit dem Thema: „Ich will dich nie wieder sehen."

Ein bedrohlicher Typ mit einem schlüsselloch-förmigen Kopf wollte unbedingt seine Ex-Freundin Dörte, die er früher immer durchgeprügelt hat, zurückerobern.

Doch die Dörte hat inzwischen einen neuen Lover – einen bossigen Typen, der ebenfalls eingeladen war.

Kaum saß die Dörte mit ihren großen Kuhaugen und dem violettgefärbten Haar neben ihrem Exfreund, da zofften sie sich auch schon wieder.

Ferner war ein piratenartiger Typ mit Kopftuch geladen, der seine übergewichtige Freundin Natascha zurückhaben wollte. Die Natascha war aber so sauer auf ihn, daß der Moderator sagte: "Na, wenn Blicke töten könnten..."

Verbittert meinte die Natascha (22 Jahre jung), daß sie von den Männern seit 22 Jahren eigentlich nur verarscht würde...

Leider schellte es um drei Uhr wieder an der Türe, und die tägliche Besucherschwemme nahm auch heute ihren Lauf.

Zunächst kam Omis Patentochter Ella (zirka 62 Jahre alt) zu Besuch, die offenbar nach der Omi selber benannt worden war?
Später erfuhr ich, daß es sich um die Tochter von Buzens Tante Anna handelt.
Die Oma hatte mich schon vorgewarnt, daß die Ella leider sehr dick sei.
Doch mir gefiel die schüchterne, freundliche alte Dame mit dem ausladenden Busen gut.
Vom Wohnzimmer aus hörte ich, wie die Oma aus dem Urbett heraus über mich sagte: „s ist das Mädchen von unserem Jungen, dem Wolfram." (Das gleiche hätte sie aber auch über Rehlein gesagt, so daß die andere Ella nun entweder meint, der Wolfram hätte sich ein knackiges junges Ding an Land gezogen (haha, das meinte sie sicherlich nicht), oder aber, daß sich die Frau vom Wolfram gut gehalten habe.)
Später sagte die Oma dann allerdings über mich: „Es liebt seinen Vater über alles!" und durch diese Worte hat sich die Ella dann besser ausgekannt.

Als nächstes kam der Ergotherapeut „Ulf", der unsere Oma nun, als ich nach dem Fitnesstudio zurück in die heimische Stube kehrte, ergotherapeutisch bearbeitete.
Die Oma war neckisch und lustig, und auch der Ulf mit seinem gelbgefärbten Haar hat sich im Laufe der mehr als dreijährigen Bekanntschaft einen flapsigen losen Tonfall angewöhnt.

„Sitztse daaa wie´n Schluck Wasser!" sagte er vor den beiden Ellas dran. Später kamen noch drei Besucher hinzu: Ella II.´s jüngerer Bruder Helmut mit seiner Frau und der kleinen vierjährigen, bierernsten Enkelin Svenja, die einen nur undefinierbar musterte wie ein Mondkalb, und nichts sagte. Etwas hessenhaft deckte ich für das Kleinkind nicht mit, weil es mir offenbar zu klein und unbedeutend schien, und es mich hinzu ein wenig vor der Abspülerei gegraust hat – und ebenso hessenhaft sagte der Helmut zu mir:
„Habt ihr ne Zitronenbrause oder so was?"
Ich fühlte mich wie eine Kellnerin.
Alle richteten ihr Augenmerk auf das erstaunlich lebendige Knochengestell im Rollstuhl, und mich beachtete niemand.

Einmal kam Frau Kionczyk mit einem Kopftuch auf dem Haupt. Sie war ausgesandt worden, die Zeitungen zu holen, die man gemeinsam abboniert hat – und später mußte sie nochmals klingeln, weil sie etwas vergessen hatte, (die Zeitungen, deretwegen sie doch überhaupt erst gekommen war!) und die Mutti von der Svenja, die inzwischen auch gekommen war, rief aus: „Hier geht's ja zu, wie auf der Frankfurter Meile!".
Die fröstelnde alte Frau Kionczyk war froh, daß es ihr noch *vor* ihrer Haustür eingefallen war, und sie somit einem wüsten Vorwurfsgekläffe von Seiten ihrer Tochter nochmals entgehen konnte.

Die Patentochter Ella stöhnte über zwei mißratene Enkel, mit denen kein Auskommen sei, und dann verabschiedete sich das vielköpfige Gespann.

Freitag, 19. Januar
Grebenstein - Aurich

Helles Polarwetter. In Ostfriesland leichtes Glatteis

Auf neun Uhr hatte ich meine Abreise in die Freiheit terminiert und das große Vermissungsgefühl, das mir sonst die Seele immer fast schmerzhaft einzuschnüren pflegt, loderte diesmal etwas gemäßigter als sonst, aber traurig fühlte ich mich trotzdem.
Z.B. als ich zu Verabschiedungszwecken bei der Edith klingelte – vergebens.
Ich stand in der Kälte und schaute auf die übereinandergeschichteten Klingelschilder mit den Namenszügen „Kionczyk" und „Neubauer" drauf.
Parteien, die sich nicht verstehen, aber ihre Namen auf dem selben Papier mit der selben Schreibmaschine niedergetippt haben.
Ich dachte traurig aber auch gleichmütig (resigniert) darüber nach, daß die brave Edith zu so früher Stund wahrscheinlich wieder beim Arzt ist, da ja das Leben der meisten Erwachsenen zum größten Teil aus Arztbesuchen und Behördengängen zu bestehen scheint?

Daheim trank ich Kaffee und las in einem kleinen Buch mit humorvollen Gedichten, das auf dem Tische lag.

Einmal hörte man Omis dünnes Stimmchen: "Franziska!" rufen.

Die süße Omi hatte nur gerufen, weil sie mich schon ein wenig vorvermisst hat, da ich im Gegensatz zum poltrigen Onkel Eberhard, der mich heut mit der Seniorensitterei ablöst, immer nett und freundlich bin.

Auf die Frau Wyss freuen wir uns immer sehr.

Wir Damen saßen am Tisch, und freuten uns im Duett auf sie vor.

Zuerst sprachen wir über die Helferin Barbara, die sich morgens immer so spät zu erheben pflegt.

Doch neulich mußte sie sich bereits um Achte dem Bettbehagen entwinden, da sie einen Zahnarzttermin hatte.

(Ein Alptraum für einen depressiven Langschläfer.)

Die süße Oma hoffte unbewußt, daß sie mich vielleicht zum Bleiben animieren könne, wenn sie mir packende Mordgeschichten erzählt. Z.B. (in nettem Tonfall vorgetragen („s´ist ne ganz gute Frau")) von ihrer Schwippschwägerin Anni, die nach dem Tode ihres Mannes Hartmut so spitz auf unseren Opa Gerhard gewesen sei.

Und so setzte sie ihre ganze Hoffnung darauf, das Ellalein würde die Geburt vom kleinen Eberhard nicht überleben, und einmal tat sie ihr sogar etwas in den Tee.

Plastisch, so als sei´s unsere neue Haushaltshilfe, mit der man bereits anfinge, sich familiär verbändelt zu fühlen, erzählte ich Frau Wyss, die mittlerweile gekommen war, wie unser Onkel Eberhard immer so dramatisch ist.
Tatsächlich rief der Dramatische bald darauf an:
„Wie geht´s denn mit der Oma?" frug er wie alle Tage in düst´rer Vorausahnung und dumpfem fatalistischen Beiklang in der Stimme.
„Sehr gut!" sagte ich warm.
„Ach, stimmt doch gar nicht!" desavuierte mich das kleine Knochengestell im Rollstuhl und wurde etwas rappelig, weil´s halt immer einen Plan im Koppe hat, was der oder der wohl über sie denken solle.
Der eine soll denken, sie sei noch topfit, der andere wiederum, sie sei hochmoribund.
Ich hätte natürlich auch sagen können: „Ach, das mit der Omi, das ist wirkliche eine Tragödie...." Aber wahrscheinlich hätte sie mir auch dazu Gegenworte gemacht, da mir die Omi praktisch bei allem Gegenworte macht, so daß ich mir schon ein bißchen angewöhnt habe, oftmals das Gegenteil dessen zu sagen, was ich wirklich denke, damit sie mir den Kopf wenigstens in Richtung meiner eigenen Meinung zurechtdreht.
Schließlich machte ich mich auf den Weg. Ich küsste meine Oma ganz oft und variierend, und im Flur hörte ich nochmal ihre Stimme und dachte naturgemäß auch diesmal: „Jetzt hab ich sie wohl

zum letzten Mal gesehen...doch noch könnt´ ich umkehren!"
Tatsächlich kehrte ich noch ein paar Mal um, und bedeckte das liebe Gesicht mit insgesamt unzähligen Küssen, doch dann fuhr ich wirklich ab.

Zuerst fuhr ich zum Café Eulenspiegel in Warburg. Eine Art Stammkafé, das ich besuchen *muß*, um mich wenigstens noch ein bißchen im Umkreis meiner lieben Oma aufzuhalten.
In den Gazetten liest man z.Zt. vornehmlich über das Ehedrama der Beckers.
Das eine Drama ist vorbei, – Boris ist ein geschiedener Mann - und das nächste Drama nimmt er mehr von der lockeren Seite: Den drohenden Vaterschaftstest „an den Hörnern zu packen".
Vielleicht war er´s ja gar nicht, und wenn doch, dann freut man sich halt über das kleine Töchterlein, mag er in jäh aufwallendem Freiheitsrausch gedacht haben.

Mein Mittagsessen nahm ich in der Raststätte Dammer Berge ein, und las dazu in der Zeitung über den Mord am 9-jährigen Sedat:
Begangen vom 23-jährigen Oliver S. und seiner 18-jährigen Freundin, die beide nett und normal aussehen. Sie stehen auf Sado-Maso, und peitschen sich hi und da durch. Die 18-jährige wurde als Säugling von ihrer minderjährigen Mutti in einer Mülltonne ausgesetzt, so jedoch noch rechtzeitig

gefunden, und zur Adoption freigegeben. Den Adoptiveltern war es jedoch nicht vergönnt, das BÖSE in ihr zum stoppen zu bringen.

Noch ein anderer Fall in der Zeitung schien ein wenig interessant: Vom 33-jährigen Ralf, der eine 14-jährige kurvige und geradezu überreife Türkin heiraten möchte.
Das deutsche Standesamt schmetterte das Vorhaben allerdings ab, und nun wollen die beiden klagen, denn eigentlich ist's nicht einzusehen, und der Ralf weiß, daß man sich in diesem Alter viel zu leicht neu verliebt, so daß er seine Angebetete sehr gerne in den ehelichen Käfig sperren würde, auf daß sie ihm nicht entfliegt.
„Kommen Sie in zwei Jahren wieder!" schlug der Richter vor.

Samstag, 20. Januar

Zauberisch.
Geheimnisvoll bleich-nebelverhangen
mit zarter Schneekruste

Ich schaltete das Radio ein, weil ich mir vom allsamstäglichen Wunschkonzert einen Kunstgenuß erhoffte.

Im Zentral-Café studierte ich die Illustrierten.

Man konnte beispielsweise die Straps-Babs in vielen verschiedenen Kleidern sehen, die ja der Boris alle hat zahlen müssen!

Es ist ja nicht so, daß der Boris kein Geld hätte, aber dieses alberne Glamourgehabe nervt ihn. Er wünscht sich eine Frau, die so ist wie seine Mutter: Klug, bodenständig und zupackend.

Und dann wollte die Babs auch noch ein Gesangsstar werden obwohl sie gar kein Talent hat!

Der Boris schenkte ihr ein Studio, wo sie üben konnte, und außerdem nahm sie Gesangsstunden in L.A.

Stellvertretend für die Babs wehte mich ein Gefühl der Leere an.

Dann zahlte ich, und lief wieder heimwärts.

Den Gipfel des Seniorilen leistete ich mir, indem ich „Wetten daß.." geschaut habe. Strenggenommen schaute ich aber nur Sabrina Setlur an, die einen Rapsong vortrug. Man kann verstehen, daß sie dem Boris gefällt – jedenfalls besser als die maskuline Strabs-Babs, die halt doch ein wenig nach „Würsteln im Glas" aussieht....(leicht gemein, so zu denken)

Sonntag, 21. Januar

Zart, geheimnissvoll und nebelig. Etwas Schnee

Der Herr mit dem Maulkorbbart, der im Hause gegenüber lebt, schippte Schnee, so daß ein leichter Schneeschippherdentrieb in mir ausgelöst wurde.
Beim letzten Schneeschippen war Rehlein noch dabei, – und überhaupt erinnert mich unser rehleinfreies Haus an die verwaisten Häuser von Tschernobyl.
Im Bad beispielsweise werden Rehleins Püderchen und Tinkturen, die dem Alter entgegenwirken sollen, nun selber langsam alt...
Die Schipperei begann mich bald zu langweilen und außerdem hatte ich das Gefühl, daß der Weg davon nur noch rutschiger würde.

Ich kaufte mir ein Tagesblatt, weil mich ein gestern angekündigtes Thema sehr interessierte: Udo Jürgens Treffen mit der Dame, für die er seinen Welthit „17 Jahr, blondes Haar" komponiert hat.
Als junger Mann sah er sie einst vom Auto aus auf einer Verkehrsinsel stehen, doch leider konnte man nirgends wenden, so daß es eine flüchtige Bekanntschaft im Vorüberfahren bleiben sollte.
Dadurch, daß ihm die Unbekannte in all den Jahren nicht mehr aus dem Kopf gehen wollte, komponierte er das Lied, und die schöne Blonde glaubte sich genau in jenem Hit wiederzuerkennen und schrieb

ihm Jahre später einen Brief, welchem sie gar ein Jugendfoto beilegte.

„Heißa, das ist sie!" dachte der Udo erfreut und lud sie ein...

„Na, du hast dir ja Zeit gelassen..." soll er nun nach all den Jahren etwas müde gesagt haben, und die Schöne von einst (Mara A.) ist heute eine etwas kantige, schlanke 50-jährige, wie wir Zeitungsleser nun auf einem simplen Zuprostfoto* sehen konnten..

*Höchst selten zu lesendes Wort.

Ich rief in Ofenbach an, um Ming diese Geschichte zu erzählen.

Und auch wenn ich ihn damit beim Üben molestierte, so sagte Ming doch so nett, wie einst der Hajo in der „Lindenstraße" zur Berta: „Du störst nie..." Mit Rehlein plauderte ich auch (wärmend).

Draußen war es so jahresendzeitlich still, vernebelt und verschneit.

Montag, 22. Januar

Blass. Bißl Schnee

Die Kürze des Tages bezwackte mich wie ein zu enges Kleidungsstück an allen Ecken und Enden.
Da klingelte es an der Tür.

Die Postfee war´s, die schon wieder einen Strafzettel vorbeibrachte.
Kaum hat Buz seinen Führerschein wieder, so heißt´s, er sei am 16.11. im Raum Bremen 32 km/h zu schnell gefahren.
Ich legte den Zettel auf Buzens Bett und malte mir aus, wie ich Buzen erzählen will, daß der Führerschein schon wieder weg sei – diesmal für ein ganzes Jahr.
Und da er über 60 ist, müsse er nach Ablauf eines Jahres erstmal einen Spezialtest überstehen.

Als ich bei Dunkelheit übte, wurde das Geschehen am Bildschirmschonerhaus gegenüber plötzlich packend: Es fing damit an, daß der Liebhaber – ein Herrn, den ich eigentlich nur von hinten beim Knutschen kenne, und über dessen Verbleib ich mich bereits zu wundern begonnen hatte, mit dem Händi auf der Treppe saß.
Später sah man ihn dunkelheitsbedingt leider nur sehr schemenhaft mit seinem maulkorbbärtigen Wunschschwiegervater reden.
Spannend wurde´s allerdings nach einiger Zeit, als man ihn klingeln sah, und keiner öffnete. (Beklemmend!) D.h. der Maulkorbbärtige schaute einmal kurz aus dem Badezimmerfenster herab, und rief ihm etwas Tröstendes oder Mitfühlendes zu, doch wahrscheinlich hatte seine Tochter ihm verboten, die Türe zu öffnen...

Ich war so gebannt, daß ich beim ersten Satz von der Giuliani-Sonate gar nicht in die Noten schauen konnte, sondern nur irgendwelchen Geigenmatsch vor mich hingeigte.

Abends sprach ich Heimkömmling Buz auf seinen Strafzettel an.
„Was fuhr da in dich?" frug ich mild und nett, wie man es sich von einer Ehefrau nur wünschen könnte.

Dienstag, 23. Januar

Weißlich-trübe.
Am Nachmittag stach hi und da die Sonne durch

Bei Dunkelheit erhob ich mich leicht zweifelnd. („Leg ich mich wieder hin?")
Doch das spekulatiusförmige Haus gegenüber war schon so hell erleuchtet, und ich konnte mit ansehen, wie sich die Stephanie in ihrem Zimmer mit der wunderschönen Mondlampe, auf ihre pedantische Art ankleidete. D.h., ich beobachtete das Schattenspiel an der Wand, während ich mich lustvoll in meine packende Lektüre über Arthur Jones, den „Dämon hinter Spitzenstores" (ein Buch von Ruth Rendell) versenkte.

Dann setzte ich im wahren Leben um Punkt acht Uhr „den Bogen an".

"Ysaye´s fünfte Sonate" erscholl stockwerksübergreifend, und zunächst mußte ich mich, so mehr oder minder in Buzens Ohren hinein, erst einmal warm üben.

Alles war eigentlich „recht gut" und die Unzufriedenheit, die mein Spiel ein wenig verdarb, resultierte daher, daß man ständig denkt: „Was könnte man jetzt daran üben und verbessern?"

Man spitzt die Ohren kritisch zurecht, und nichts Gutes scheint mehr Einlaß zu finden. Grad so, als habe man sich einen Qualitätsfilter ins Ohr gesetzt, der die Qualität herausfiltert, so daß man bloß mehr das Unqualifizierte hört?!

Dann wurde mein Spiel allerdings doch noch fantastisch, und ich staunte durch Buzens Ohren hindurch über mich selber.

Nach einer Weile frühstückten wir.

Ich konnte Buzen etwas Freudiges berichten: Buz bekam heute eineinhalb Stunden Freizeit einfach *geschenkt*!

Antje O. und Sabine D. kommen nicht in die Violinstunde.

Buz wurde sehr froh davon, doch ist man froh, so wäre man gern noch fröher, und nun hoffte Buz, Maike W. käme auch nicht.

Nach und nach bekommt Frau Meyer immer mehr das Gefühl, es sei *ihr* Haushalt, und auch mit Buz´n kommt sie sich allmählich näher.

D.h. früher hat Buz sie mehr als ein Neutrum betrachtet und nicht groß über sie nachgedacht, doch nach so langer Einsamkeit denkt Buz, zumindest in den Fantasien von Frau Meyer womöglich:
"Lieber was handfest, friesisch-Rustikales, als gar keine Frau!"

Abends erfuhr ich von der Oma das Unfaßbare:
Daß Onkel Hartmuts Schwiegermutter am Sonntag im Alter von 81 Jahren gestorben sei!
Ich war bestürzt, und der Hambum als guter Schwiegersohn sei es auch.
Hernach schaute ich mir einen Film über den Zirkus Luna an, doch der Kummer über die vorzeitig Verstorbene hatte das Zimmer ein wenig ausgekühlt, so daß ich mich zum Schauen in eine Decke einmurmelte:
Ein Familienunternehmen seit 1632.
Etwa zweihundert kleine Wanderzirküsse bemühen sich in Deutschland um die Messeplätze, und so wie in meine Kirchenkonzerte kommen leider nur wenig Besucher.
Das ZDF begleitete den kleinen Wanderzirkus ein ganzes Jahr lang, und im November starb das erst 12-jährige Elefäntchen „Leila", das doch als Höhepunkt des Programms gedacht war! Allein die Beseitigung des viel zu früh verstorbenen Elefanten vom Ort des Geschehens kostete 1700 Mark!

Der Zirkusdirektor sagt, er habe es sich abgewöhnt, weiter als bis zum Abend zu denken, denn dann geht´s. (Irgendwie)

Mittwoch, 24. Januar

Alles weggetaut. Frisch. Grau.
Hi und da Sonneneinschlag

Ich wunderte mich ein wenig, warum man die Ina gar nicht mehr sieht?
Vielleicht kam der Liebhaber neulich nur, um ihre Adresse zu erfragen, und die Eltern dürfen sie ihm nicht herausrücken, obwohl dies dem maulkorbbärtigen Herrn leid tut, weil er selber als 22-jähriger mal von einem Mädchen den Laufpass bekam?

Buz und ich spazierten bis zum Kanal, und darüber wurde es allmählich dunkel.
„Kann sein, daß es bald wieder bei der Filmmusik mitmachen muß," meinte Buz vage, *so als habe er vielleicht eine neue Freundin?*
Vielleicht hat Buz mit über 60 Jahren nun die Asiatinnen für sich entdeckt, oder aber die Hilde hat ihn angerufen. und weinend ihre Situation geschildert?
Natürlich hätte ich jetzt fragend insistieren oder psychologisieren können, doch ich ließ Buzen seine kleinen Geheimnisse und trottete nur nett neben ihm her.

Ich erzählte, daß der Prof. Kebap sehr gerne Besuch bekäme. Wenn man sich mit ihm befreunden möchte, so sollte man allerdings von der musikerspezifischen Bullschitterei Abstand nehmen, und sich in das Gewand eines offen Lernenden einhüllen, der sein Leben lang ein Schüler bzw. Lernender bleiben möchte.

Buz sprach über die Einsamkeit im Alter. Er wollte mich dazu animieren, mir einen reichen Mann zu suchen, der mich abends in die Oper ausführt, und mit mir nach Griechenland reist, doch ich fürchte mich nicht vor der Einsamkeit – eher vor der Mehrsamkeit. (Leider!)

Donnerstag, 25. Januar

Dünner Regen – trübe

Ich träumte, daß Buz nach einem abendlichen unerfreulichen Telefondisput mit Rehlein gegen ein Uhr Nachts plötzlich als Überraschungsgast in Ofenbach auftauchte, als Rehlein doch schon längst ins Bett entschwunden war.
Gleich nach seiner Ankunft begab sich Buz ins Musikzimmer und fitschelte auf seiner Geige herum. Ich bat ihn, dies zu dieser späten Stund' zu unterlassen, doch Buz fitschelte unverdrossen weiter. Davon wurde ich sauer. Unwirsch sagte ich: „Mach doch was Du willst!" verließ in

verärgertem Sauseschritt das Musikzimmer, und hinterließ eine zähe, unversöhnliche Aurawolke.

Dann träumte ich weiter: *Ich lag im Bett, und mein Auto stand direkt neben mir. Liegend wartete ich darauf, daß der Stau weitergehen möge (!). Als es dann so weit war, sprang ich ins Auto und fuhr los. Doch kaum war ich fünf Minuten unterwegs, da fiel mir ein, daß ich fast alles, was ich besaß in dem zerwühlten Bett zurückgelassen hatte! (Börse, Schuhe und vieles mehr!) So ließ ich das Auto einfach stehen, und raste zum Bett zurück.*

Aufmerksame Leute halfen mir beim Zusammenklauben. Doch dann war mein Auto weg!

Dann saß ich mit Ming und meiner Freundin Nele (?) (jemanden, den´s im wahren Leben gar nicht gibt(!)) in einem sonnendurchfluteten Berglift über einer Schlucht.

Und dort kam eine Überraschung zum zünden, die Buz sich ausgedacht hatte: Buz brachte einen Gast in die Liftkabine mit, an den wir überhaupt nicht mehr gedacht hatten, weil er schon seit Jahren das Haus nicht mehr verlassen hat: Den Opa!

Der Opa trug ein Kopftuch und parodierte einen geistesabwesenden Mitreisenden, und dann lachte er sich halbtot über diese köstliche kleine Scherzelei!.

Schließlich wurde ich vom Wecker unbarmherzig in den sauren Alltag hineingepflückt.

Kurz bevor ich zum Fitnessklub strebte, kam Heidi Abel zum Unterricht, und ich spiegelte mich in ihren Augen trotz allem immer noch leicht als Buzens Ehefrau, obwohl ich vergnügt herum hüpfte – und wann sieht man schon eine vergnügt hüpfende Ehefrau?

Dann folgte, so wie neuerdings fast jeden Tag, ein streßbefüllter Vormittag – eingeleitet mit einem zähen und quälenden Besuch im Fitnesstudio.

Bei den so langweiligen Übungen an den Geräten weiß ich immer gar nicht was ich denken soll, weil die Gedanken, welcher Art auch immer, einem die Anstrengung ja doch nicht mildern.

Dann war ich alsbald wieder daheim, und immer noch unterrichtete der fleißige Buz an Heidi Abel herum.

Kurz bevor Heidi Abel sich wieder nach Bremen verabschiedete, amüsierten wir uns noch über das Plakat für das Holtroper-Konzert mit Herrn Gassmann, das ich an die Türe geklebt habe.
Beliebte Werke von Berlin, Joaquin Nin u.a. stand da zu lesen, und ich mußte lachen weil doch kein Mensch diese Werke kennt!

Ich zeigte Buzen das Kuvert mit dem Fotos, die ich bei der Hilde geschossen habe, und über seine einstige Flamme Hilde sagte Buz lediglich, daß sie langsam so aussehen würde wie ihre Mutter.

Er sagte es auf jene Art, in der Andere vielleicht „Bäh!" sagen.

„Hallo Deutschland" am Nachmittag:

Berichtet wurde von einem Herrn in Görlitz, den man im Verdacht hat, seine Ehefrau, die vor acht Jahren spurlos verschwand, ermordet zu haben, und – einmal in diesem Kielwasser steckend – auch von jenem anderen Herrn in Ratzeburg, mit der verschwundenen Frau, der jetzt lebenslänglich einsitzt, - und dabei lebt doch die Frau vielleicht noch irgendwo mitten unter uns? („Mord ohne Leiche")

Der Christoph-Otto kam zu Besuch.
Buz übte soeben das selten bis nie gespielte Streichquartett von Ludwig Meinardus, und stöhnte über das Werk. So legte er die Geige gern beiseite, und wir setzten uns zum Tee nieder.
Zunächst sprach man über die Komponisten, und ich saß die ganze Zeit dabei, und versuchte dem Gespräch hi und da eine pikante Wendung zu verpassen.
Ich sprach über die beiden verschwundenen Ehefrauen, und daß die Nachbarn hier sicherlich doch auch gesehen haben wollen, wie Herr König mal ganz schnell mit dem Auto wegfuhr, als seine Frau verschwand?
Dann sprach ich davon, daß ein Mörder seinem Opfer auch viel erspart: Nie wieder Liebesgram, nie wieder Zahnschmerzen – keine finanziellen Engpässe mehr.

Einmal richtete ich Buzen die Frisur so, daß er ausschaute wie Rektor Debisch.
(Von Wilhelm Busch gezeichnet.)
(In der „Knopp-Trilogie".)

Freitag, 26. Januar

Zart sonnig. Manchmal auch regnerisch bewölkt

Etwas apathisch, weil´s ja doch kein Entrinnen gab, erhob ich mich, dem Bettbehagen entrupft, in den kaum angetauten Tag hinein.
Ich mußte dem fröstelnden Buz, der noch im Bette lag, die Heizung hinaufschrauben und wurde dabei an Trossingen erinnert, wo man morgens, wenn alle unter ihren dicken Decken Schutz vor der Unerbittlichkeit des kalten, anstrengenden Alltags suchten, erstmal die Ölheizung anwerfen mußte. Nicht selten ersoff dieser erste Versuch, indem es nämlich kalt blieb.

Besuch bei Gaßmanns in der schönen Hügelvilla in Worpswede:
Fünf Parteien wohnen in dem ehrenwerten Haus, und Mutti Gaßmann öffnete mir die Türe.
Die kleine Edith gab mir zwei ganz weiche Kinderküsse, die sich so schön anfühlten! Ich hatte sie ihr, meinem Naturell gemäß, abgenötigt, und die kleine Edith lachte so goldig darüber.

Im hinteren Erkerzimmer zupfte Vati Joachim leise vor sich hin – eine Arbeit, die er nach meiner Ankunft allerdings ebenso freudig unterbrach, wie Buz gestern sein Meinardus-Geübe.
Man setzte sich zum Tee zusammen.
Serviert wurden schöne runde Butterkekse, und Mutti Ingrid trug einen Handtuchturban auf dem Kopf, in welchem sie wie eine Kobra ausschaute.

Dann hieß es, die Ingrid müsse jetzt mit der Edith einen Turm bauen.
„Ja, ich muß jetzt einen Turm bauen – dazu sind Muttis schließlich da!" sagte die Ingrid mit einem gewissen „Unterton", weil ihr das Leben als Hausfrau und Mutti so langsam „stinkt".
Der Joachim spürte die „leise Schwingung" natürlich schon, weiß aber andererseits auch, daß Frau und Kind doch einer klaren und bestimmten Führung bedürfen.
„Ja. Und Papis sind dazu da, um Geld zu verdienen!" sagte er milde aber bestimmt.
(Ebenfalls nicht ohne Unterton.)

Der Joachim muß immer von Montags bis Mittwochs unterrichten, doch es macht ihm keinen Spaß.

Als wir dann das Werk von Daniel Berlin probten, wollte die kleine Edith uns zuhören, obwohl Mutti

Ingrid sie doch extra zum Einkaufen mitnehmen wollte, damit wir Ruhe hätten!

Vati Joachim jedoch begrüßt es, wenn sein Kind ein Ohr für die Musik entwickelt.

„Aber dann gibt´s wieder ein Gezeter!" sagte die Ingrid hilflos und gestresst, und der Joachim war leicht erunwirrscht, wie man vor dem Kinde dran wohl solch unbedachte Worte machen kann?!

Und somit ging es etwas ehekriselig zu.

Am Ende des Ganges konnte man hören, wie der Joachim „erstaunt" frug: "Was bist du denn so schlecht gelaunt!"

„Ich bin nicht schlecht gelaunt!" rief die Ingrid heftiger als beabsichtigt.

In einer Pause wollte der Joachim das Geschirr spülen.

„Da freut sich die Ingrid!" sagte er warm, weil's schon in ihm geknabbert hatte. Ich saß da und sollte ihn beim Tee unterhalten, und so erzählte ich ihm etwas kurios von Maike Windau, die immer 17 sei, seit vielen Jahren. Denk man an sie, so denkt man automatisch: „Die 17-jährige Maike Windau".

Und dann erzählte ich noch von dem Kioskbesitzer in Aurich mit der violetten Knollennnase, den ich so gerne hab, und vom Joachim erfuhr ich im Gegenzug, daß er immer ganz schlechte Laune bekommt, wenn er längere Zeit nicht musiziert hat, und wie er sich dann als Gast auf Erden ganz überflüssig dünkt.

Er erzählte mir, wie er vorne ans Fahrrad einen Kindersitz für die kleine Edith befestigt hat. Im Sommer seien sie früh morgens zum Brötchenholen gefahren, und die kleine Edith sei dabei immer so glücklich gewesen, und habe mit der Sonne um die Wette gestrahlt und fröhlich gelacht.

Nach einer Weile machten wir uns leichte Sorgen, weil Ingrid und Edith einfach nicht vom Einkaufen returkehrten.
Eine Vermutung lag unausgesprochen in der Luft:
Es *könnte* doch wohl sein, daß der Ingrid ausgerechnet heut die Galle über das unbefriedigende Hausfrauendasein übergelaufen ist, und sie ihren Mann somit einfach verließ!?
Es wäre nicht die erste Ehefrau, die sich derartiges herausnimmt…wegen der Ingrid wär´s dem Joachim vielleicht nicht so arg, „aber meine Edith ist ja auch noch dabei!" sagte er gespielt jammernd.

Dann sind sie aber doch gekommen, als wir unsere Sonate von Giuliani probten. Possierlich holte die kleine Edith ihre Kindergitarre herbei. Der Joachim stimmte sie, und dann durfte die Kleine mitspielen. Als Gitarristentochter weiß sie bereits wie man die Hand begütigend-abdämpfend auf die Saiten legt, wenn´s mit der Länge des Tones aber auch mal genug ist.

Mittags gab´s ein schönes Essen: Geschmelzte Nudeln und Salat.
Dadurch, daß die Ingrid ihr Leben in seiner derzeitigen Form ein bißchen über ist, kocht sie fast jeden Tag Nudeln, doch der gutmütige Joachim beklagt sich nicht.
Beim Essen erzählte mir das Ehepaar von einem so anstrengenden Flötisten, der den Joachim in der Probe einmal sogar angeschrieen habe.
Leider fühlte ich mich plötzlich so müde.

Ich bedankte mich, doch der Dank schien mir zu mager, und so bekräftigte ich mit heißen Dankesworten, daß es so nett gewesen sei, mich zum Essen geladen zu haben, und dabei habe mir mein Papa doch extra etwas Geld für eine Rindsbratwurst mitgegeben.
Bevor ich mich endgültig verabschiedete, frug ich die Dame des Hauses noch, ob ich wohl meine Thermoskanne mit Tee füllen dürfe, - mich dabei ein wenig fühlend wie Beate Lerch (Buzens Schülerin aus den späten Siebzigern): „Frau König?? Kann i ö Milch hän?? Dös isch g´sund!"
Der Joachim geleitete mich noch zum Auto, und fast hätten wir uns zum Abschied umarmt.
Aus Versehen sagte ich aus freudiger Verlegenheit „Herr Gaßmann", und dabei sind wir doch seit dem letzten Mal „per Du"!

Nach Mitternacht:

Buz goss sich und der Petra in die wunderschönen großen Kristallgläser die er zu Weihnachten bekommen hat, unnatürlich viel Wein ein.
Dann legte er schon wieder die CD mit Werken von Thomas Schmitt-Kowalski ein, und darauf, daß ich das ganze Gästeerheiterungsrepertorium nach Art einer Ehefrau jedesmal von Neuem miterleben muß, nahm Buz keine Rücksicht.
Einmal sagte ich so wie einst das vierjährige Kläuschen über die Petra: „Papa, die hat ja gar keine hennaroten Haare!"
Kläuschen im Jahre 1938 mit lauter Kinderstimme zu seinem Papa: „Papa, die <u>hat</u> ja gar keine Haare auf den Zähnen!"
Buz wurde aschfahl und tat schnell so, als könne er sich beim besten Willen nicht daran erinnern, etwas derartiges gesagt zu haben.

Über die kleine Rosalie sprachen wir auch.
Die Meinungen über mein süßes kleines Patenkind, auf das ich doch so stolz bin, driften geradezu diametral auseinander.
Die verliebte Mutti Ute hatte neulich mit Überschwang erzählt, daß die Rosalie so goldig sei.
„Die steht wirklich mit <u>beiden Beinen im Leben</u>!" rief sie in vergnügtem Glücke.
Die Petra jedoch ist jedes Mal erschrocken, wenn sie die Kleine sieht, weil sich die Visionen, die sich dem neutralen Betrachter bei ihrem Anblick aufzwängen, meist zwei bis drei Monate später nicht nur bewahrheitet, sondern gar übertroffen haben.

Sie sähe dem Hubert so brutal ähnlich, meinte die Petra.

Neulich dachte die Petra grad *darüber* nach, als der Hubert mitten in ihre Gedanken hinein enthusiastisch rief: „Komm her, kleines Spätzle! Du wirsch au immer hübscher!"

Erst nach langer Zeit gingen wir zu Bett.

Auf dem Wege in die Schlafgemächer bescherzte ich die Petra noch damit, daß die Nachbarn bei ihrem Anblick vielleicht tuscheln werden, ob das wohl die Neue an der Seite von Herrn König sei?

Samstag, 27. Januar

Nieselnd trübe

Buz erbot sich, einkaufen zu gehen, und die Petra verstand´ es geschickt, sich vor den hausfraulichen Tätigkeiten zu ducken, indem sie Einspielübungen auf der Brastche machte („jaulige Lagenwechsel").
Es ging mir gleich von der ersten Sekunde an schrecklich auf den Geist, und ich konnte Rehlein und Mobbl so gut verstehen.

Am Nachmittag fuhr ich in den Klub. Ich grüßte die anwesenden Barbiepuppen warm und herzlich, weil ich mir einredete, es seien meine besten Freundinnen, auch oder grade *weil* wir nie etwas miteinander reden. Fluchtfreundinnen sozusagen, zu denen man sich flüchten kann, wenn daheim zu viele Leute sind.

Ich stand geigend am Fenster in meinem Zimmer, und genoss den Blick in die warm beleuchtete Küche der Runges, nachdem sich drumherum die Dunkelheit ausgebreitet hatte. Frau Runge saß am Tisch, blätterte in großformatigen Alben, und die Lampe schaute aus wie eine Haube, die sich über ihren Kopf gestülpt hat.

Sonntag, 28. Januar

Dunkelweiß bewölkt. Herbe und frisch

Frühstück mit der Petra:
Einen Moment lang schien es direkt so, als habe Buz sein Unterhaltungspulver bereits verschossen.
Die Petra gehört jetzt zur Familie, und man weiß nach nur eineinhalb Tagen schon nicht mehr so recht, was man ihr sagen soll?
Und so warfen wir einen Blick ins Endspiel der Herren bei den australischen Open.
Ohne großes Federlesen gewann André Agassi in drei Sätzen gegen einen französischen „Niemand" (journalistischer Hohn – gegossen über das Haupt eines jungen Eiferers), und auch Steffi Graf mit wallend langem Haar saß im Stadion, um diesen historischen Moment mitzuerleben.

Als André Agassi im sommerlichen Melbourne seinen Pokal in Empfang nahm, wirkte es so fern, als beobachte man Geschehnisse aus einer anderen Welt, und beim abschließenden Interview schien er mir sehr mild und freundlich, aber auch ein wenig in sich gekehrt.

Eine Sorge peinigte mich:
Seit gestern hat sich Frau Münch nicht mehr gemeldet.
Sie wird mir doch nicht gestorben sein, dachte ich niedergeschlagen angesichts dessen, daß dann alles an mir hängen bliebe – aber natürlich auch um ihrer Selbst Willen.
Die Plakate für Holtrop beispielsweise müssen auch noch aufgehängt werden! durchfuhr es mich, als ich selbige eingerollt auf dem Flügel liegen sah.

Dann rief ich das süßeste Rehlein an. Ich sehnte mich danach, Rehleins Stimme zu hören, und Rehlein meinerseits ein Wort zum Sonntag zu verkünden.
Ich erzählte Rehlein, daß es schwierig für mich sei, ohne Mutter zu reifen, und als Buz nach dem Hörer verlangte, um mit Rehlein zu sprechen, mochte ich mich gar nicht hinwegbewegen, weil ich - grad so wie einst mein kleiner Vetter Riffi, der immer wie angenagelt stehen blieb, wenn sich seine Eltern zofften - angstvoll draufzuschauen pflege, ob sich die Eheleute wohl vertragen?

Etwas niedergeschlagen konstatierte ich, daß sich die beiden hauptsächlich übers Wetter unterhielten, und dann reichte mir der doch sonst so telefonierfreudige Buz auch schon den Hörer weiter.
Ich erzählte Rehlein von Ute M.. Sie, die immer in geflügelten Worten zu sprechen pflegt, dürfte auf ihr Heiratsgesuch in der Zeitung doch wohl geschrieben haben: „Welcher Märchenprinz katapultiert mich auf Wolke sieben?"
Dann traf sie sich mit drei Herren, und alle drei waren so sagenhaft, daß die Ute das Los entscheiden lassen mußte.
Es fiel auf den Martin, und sie sind sehr glücklich geworden.

Montag, 29. Januar

Trübe. Am Abend setzte ein Dauerregen ein

Beim Frühstück erzählte die Petra, daß sie die Feli von der Ute so lästig fänd.
Ständig will sie alle Aufmerksamkeit, beißt die Ute ins Bein und sagt: „Ich habe die Mama gebeißt!"
Ich höre für mein Leben gern Feli- und Rosaliegeschichten, und nun, auf der Fahrt nach Bremen, erfuhr ich, daß es sich die Feli zur *scheinbar* unlöblichen Gewohnheit gemacht habe, jeden Satz mit den Worten: „Die Rosalie..." einzufädeln. Angeblich, um sich selber als „die edle Gute" hervorzutun. Doch dies stimmt nicht, wußte

wiederum ich. Es ist eher so, daß die Feli die Buchstabengirlande „die Rosalie" so unglaublich gerne in den Mund nimmt. Sie sagt´s mit gespitzten Lippen in vornehmstem Hochdeutsch, und doch leicht lasziv in der Wortausformung: „Dirooosaliii".

Auf sinnlichste Weise eingefärbt, und wenn man es selber ein paarmal ausgesprochen hat, so merkt man, daß es ein Genuß ist, dies nach Art einer Melodie auf der Zunge zerschmelzen zu lassen.

...ein bisschen aufregend war´s natürlich schon, ob wir das Flugzeug noch erwischen, und ich malte uns aus, wie´s wohl wäre, wenn die Kilometeranzahl nach Bremen auf jedem Schild steigen statt sinken würde: BREMEN 51 km, und etwas später BREMEN 58 km?

In der Bild-Zeitung las man das Unglaubliche: Daß zwischen Boris und Sabrina tatsächlich etwas läuft! Die Sabrina himmelt den Boris unverhohlen an. So wie eine Japanerin vielleicht einen deutschen Kurabiiirupuroffessa (Klavierprofessor), während der Boris sich zwar nett, so doch eher etwas hellwighaft* gibt.

*So, wie Mings spröder Klavierlehrer Hellwig, der einst eine Japanerin in eine Koreanerin umtauschte.
(Drum auch der Vergleich, der sich mir aufdrängte.)

Abends rief Frau Münch an, von der ich schon ein wenig Angst gehabt hatte, sie sei verstorben.

Mit meiner Vermutung war ich der Wahrheit direkt nahegekommen, denn Frau Münch, mit verschnupfter Stimme, rief aus dem Auricher Kreiskrankenhaus an, wohin sie der Doktor mit Blaulicht hat einliefern lassen. (Herzrasereien und drohende Austrocknung infolge Flüssigkeitsmangels)

Dienstag, 30. Januar

Neblig

„Du hast unangenehme Post bekommen!" sagte der wie stets vor sich hinlesende Buz gleichmütig-freundlich, und reichte mir ein Kuvert.
„Defensiv fahren!"stand wie zum Hohne draufgedruckt – und was mach ich schon anderes? 63 km/h im Raum Rosenheim gefahren, 30 Mark + vorbestraft. Man hätte entrüstet aufschäumen können, doch ich fühlte nichts als Gleichmut.
Schlimmer wär´s gewesen, *wir hätten uns mit der Meldung plagen müssen, ich hätte am 10. Januar im Raum Rosenheim einen Fußgänger – einen stolzen Bajuwaren in der Blüte seiner Jahre – totgefahren, und wenn ich mich „beim besten Willen" nicht hätte daran erinnern können, so hätt´s geheißen: „Das haben Sie wohl verdrängt..."*
Mit Absurditäten dieser Art pflege ich mich zu trösten.

Vor dem Fitnesszentrum stellte ich dann auch noch fest, daß mein Scheibenwischer kaputt war: Quer wie die ausgestreckten Beine einer toten Tarantel lagen die beiden Wischwunderhalter auf der Frontscheibe und behinderten meine Sicht! Nicht auszudenken, wenn auf der Autobahn ein prasselnder Platzregen einsetzte!

Durch den Nebel radelte ich ins Spital um Frau Münch zu besuchen.
Zuerst blickte ich auf Frau Münchs kissenzerdetschtes Haupt mit dem grauen Wirbel.
Es herrschte Abendbrotzeit, und serviert wurde Graubrot mit Cervelatwurst. Die andere Spitalinsassin, eine Seniorin mit grauer Schnittlauchfrisur saß am Tische, und durch zwei riesenhafte Fenster konnte man in die Nacht hinaus in die dunkelheitsverhüllte Freiheit schauen.
Ich wunderte mich, daß die Krankenhäuser immer so sparen müssen, daß sie zwei einander fremde Insassinnen, die überhaupt nicht zusammenpassen, in *ein* Zimmer pferchen, und daß alles billig und schäbig bis zum geht nicht mehr sein muß, und frug mich, wie man da wohl gesunden solle, und wie man sich das überhaupt vorstellt?
Ich brachte Frau Münch zwei Orangen und köstliche Fruchschnitten aus dem Reformhaus, und saß eine Weile als Gast an ihrem Bett.
Dort plabberte ich ein wenig herum und erzählte, daß mir immer nichts einfällt, was ich kochen solle, so daß ich immer das Kochmagazin bemühen muß, wo's ja eine Rubrik für die unschlüssige Hausfrau gibt: „Was koche ich heute?" und erst als wir heut zuendegegessen hatten bemerkte ich, daß ich das

falsche Gericht gekocht hatte: Jenes, das das Magazin für den Montag vorgesehen hatte!
Frau Münch mit ihrem roten Fleck auf der gelbgefärbten Frisur entrüstete sich, daß der Pfarrer von Dornum einfach 20% der Einnahmen für die Kirche beansprucht!
Dann radelte ich wieder nach Hause.

Abends daheim:
Einmal rief Rehlein an und bat uns, unser Fernsehprogrammheft nach interessanten Angeboten für den Abend zu durchforsten, da „die ganze Woche*" bereits ausverkauft gewesen war.
*Ein fantastisches Journal, das uns schon das ganze Leben begleitet und uns jede Woche versüßt
Buz stürzte sich gleich mit Feuereifer in diese Arbeit, die wie auf ihn zugeschnitten schien, - und der süße Buz macht sich doch immer so gerne nützlich!

Beim Wäscheaufhängen im Speicher dachte ich gleichmütig über den verstorbenen Prof. Hamann nach.
Seine Frau wußte doch bereits bei der Eheschließung, daß man nicht ewig lebt.

Mittwoch, 31. Januar

Zunächst grau. Dann wurde es schön und sonnig

Im Traume befand ich mich mit Ulrike Anima-Mathe, einer Geigerin, die einmal mit Herrn Bloser ein Konzert gab, auf der Durchreise. Von einer Telefonzelle aus rief ich die Oma an. Die Omi war so unglaublich warm, und als ich durchschimmern ließ, daß es sein könnte, daß ich mich am Abend zu Übernachtungszwecken einfinde, da schlug mir aus dem Telefonduschkopf eine derart warme Vorfreude entgegen! Die Omi glühte vor Freude, so daß ich ein ganz heißes Ohr bekam.
Dazu ist´s im Traume dann allerdings leider nicht mehr gekommen.
Zunächst befanden Ulrike A-M und ich uns auf einem Rastplatz mit Abenteuerspielplatz, wo man herumrennen und sich amüsieren konnte, und dann wollte die Ulrike unbedingt nach Bremen reisen, weil sie sich dringend noch ein Kleid für den Gospelchor hat kaufen müssen.
So war ich gezwungen, die Omi von einem hochmodernen Telefoniergerät in einem Park aus erneut anzurufen, um ihr das Enttäuschende schonend mitzuteilen! Hinter mir bildete sich eine lange Schlange, weil ein jeder telefonieren wollte….Omis Stimme durch dem Hörer klang ganz schwach und erstarb schließlich ganz.
Eine Dame hinter mir erklärte mir telefontechnische Finessen, doch ich hörte gar nicht hin, da mich Omis Enttäuschung so schmerzte, daß mir seelisch ganz klamm zumute war.

Der Park lag in schönem und doch leicht elendendem Sonnenscheine da.

Im wahren Leben schauten Buz und ich zum Frühstück einen spanischen Film über eine Familie am Strand weiter. Die Familie begegnete lauter so ekelhaften Leuten, wo man´s nicht fassen kann, daß es so ekelhafte Leute überhaupt gibt.
(Fast surreal anmutend.)
Die Frau mit dem dünnen Kopf träumte in der Nacht von dem bronzefarbenen Mohren – davon wachte sie auf und bekam Appetit auf ihren Mann „Antonio" mit dem sie sich sonst ehefrauengemäß den ganzen Tag nur stritt.
Dann klingelte es an der Tür.
Buz hatte richtig geraten: Frau Meyer war´s.
Sogar einen eigenen Besen brachte die stets Vorausdenkende mit, und beim Händedruck tippte sie Buz freundschaftlich mit der anderen Hand an, weil alle Bekanntschaften mit der Zeit in andere Phasen übergehen.
Traditionsgemäß trank Frau Meyer noch eine Tasse Tee mit uns, und wie´s der Zufall will, sprachen Buz und Frau Meyer genau über die selben Themen wie beim letzten Male, und sogar die Gesprächsmodulierung war die gleiche…
Natürlich hätte man Buz unter dem Tisch mit dem Fuß antippen können, doch Frau Meyer hatte es scheinbar auch vergessen?

Um der Teeplauderei eine pikante Note zu verleihen, erzählte ich, wie sich die Nachbarn wundern, daß Frau König einfach so verschwunden sei?
Doch Frau Meyer hat zu jedem Thema eine rustikale Einstellung.
„Probleeijme haben die Leute!" sagte sie gleich zwiefach, auch wenn dieser Ausruf nicht so recht zu meiner Erzählung passen wollte, die doch mehr fabulierender und psychologisierend fesselnder Natur sein sollte.

Herr Meyer parkte zur Mittagszeit vor unserem Haus um auf seine Frau zu warten, und ich frug Frau Meyer, ob das für sie wohl noch immer aufregend wäre?
Doch man kann sich Frau Meyers rustikale Reaktion ja denken: „Alles Rruutiiine!" sagte sie friesisch gefärbt und hochrustikal.

Im Bioladen hatte man mein Plakat angeklebt – doch Buzens verschlagener Kollege Ralf B. tat so, als habe er es nicht bemerkt, und grüßte eiliger als sonst im Vorübergehen, um nicht darauf festgenagelt zu werden.

Daheim stand Buzens Geigenkasten bereits ausgehfertig zurechtgesattelt in der Türe. Frau Meyer saugte, und es hieß, der Hausherr ginge aus, und benötige auch kein Mittagessen.
Da war ich froh und verärgert in einem.

Buz faselte etwas von wichtigen Geschäften mit „Osterkamp", und war wie immer, wenn er sich einen Ausgang vom Familienleben genehmigt, noch netter als sonst. Ein Relikt aus seiner Jugendzeit.
Damals hatte er sich angewöhnt immer so nett wie möglich zu sein, wenn er etwas vorhatte (beispielsweise einen Kinobesuch) – so daß man es nicht übers Herz brachte, im dies abzuschlagen.

Ich schrieb ein lockeres Fax an einen Herrn in Belgien.
Er hatte mich für den 25. August zu einem Konzert in seinem Schloß eingeladen, und nun schrieb ich ihm auf lose Weise, daß ich allerdings am nächsten Tag, dem 26. August, ein Konzert in Haslach hätte. „Wenn Sie meinen, daß sich die Reise an einem einzigen Tag bewerkstelligen läßt, dann setzen Sie mich aufs Programm!" schrieb ich ungewöhnlich lose – so wie jemand, der fast alles Irdische hinter sich gelassen hat.

Abends plapperte ich eine hessische Ansage auf unseren Anrufbeantworter, doch die verwarf ich wieder, und versuchte stattdessen ein russisches Betthäschen zu parodieren, das nun die Neue an der Seite von Herrn König sei.

Februar 2001

Donnerstag, 1. Februar

Auch wenn hi und da
nässende Regenwolken auftauchten,
so war doch immer ein Lächeln der Sonne dabei

eute träumte ich, daß ich mich in den Ferien die ganze Zeit in der Musikhochschule herumtrieb.
Ich übernachtete sogar dort, und ging während der ganzen zwölf Wochen nicht ein einziges Mal nach Hause, obwohl ich doch nur vier Gehminuten entfernt lebte.
Ich übte in einem Zimmer im dritten Stock, an welches sich die Doppeltüre zum Rektoramt anschmiegte, und durch riesige Fenster konnte man unten auf die Straße und auf den schönen Musikhochschulpark draufschauen.
Theoretisch hätte man Herrn Reimer (unseren Direktor) jeden Moment aufblitzen sehen können, da auch er in den Ferien hi und da zum arbeiten (?) im Hause war, und mir gefiel's, in seiner Nähe auf meiner Violine zu üben.
Im zweiten Stock bei den Sängern trat mal ein freudloser Engländer aus einer Tür. Doch ansonsten war die Hochschule fast immer menschenleer.
Manchmal lief ich durch die einsamen Flure, auf welche ein spinatgrüner Teppich draufgespannt war, und dachte mich z.B. in Hindemith hinein, von welchem es heißt, er habe mal vor das Rektoramt der Frankfurter Musikhochschule geschissen und seine Visitenkarte hineingesteckt.
Ob wohl jemand hineingedappt ist?

Wäre es in der heut'gen Zeit passiert, so wäre man darüber vielleicht so erbost, daß ein freiwilliger Speicheltest für die ganzen Hochschulmitglieder angeordnet würde, und diejenigen, die sich zierten, würden davon etwas genauer unter die Lupe genommen.
Soviel Aufwand, und dabei bräuchte man doch nur auf die Visitenkarte zu schaun, denkt hier der Traumanalytiker!
Doch da kann man ja theoretisch jede Visitenkarte hineinstopfen, und juristisch beweist dererlei praktisch nichts.

Dann erhob ich mich, und schaute meiner Art gemäß beim Teepicknick etwas voyeuristisch auf die Nachbarn drauf:

Rolf Runge saß wie allmorgendlich am Küchentisch und las in der Zeitung, und durch die Milchglasscheibe des Ottenschen Badezimmers konnte man die schlanke, nackte Stephanie mit ihrem dunklen langen Haar erahnen.

Ich bilde mir immer ein, die Stephanie sei Sprechstundenhilfe von Beruf, und die abwechslungsreiche und doch vorhersehbare Arbeit mache ihr sehr viel Freude, so daß sie sich, anders als ein normaler Mensch, morgens sehr gerne erhebt.

Beim Bügeln stöhnte ich: „Das muß ja lästig sein, Ehefrau zu sein, und ständig Hemden bügeln zu müssen!" Doch einmal war ich nahe dran, ähnelnd dem Uschilein mit dem Autofahren, auszurufen: „<u>Jetzt</u> habe ich endlich begriffen, wie das mit der Bügelei ist!"

Doch ich bremste mich, weil solch vorlaute Ausrüfe manchmal bestraft werden.

Das Uschilein (die Exe vom Onkel Eberhard) habe ausgerufen: „Jetzt hab ich endlich kapiert, wie das mit der Autofahrerei geht!" doch bereits beim Satzversatzstück „hrerei geht" gingen ihre Worte in einem ohrenbetäubenden Aufquietschen unter – na, der Leser wird sich's vorstellen können.

(Die ganze Autoseite schrill an der Garagenwand beschabt.)

Beim Frühstück unterhielten Buz und ich uns interessant.

Andere hätten es allerdings womöglich banal gefunden?

Wir sprachen nämlich über die englische Königsfamilie.

Ich rechnete Buzen vor, daß der Ernst-August theoretisch heute König von England sein könnte, und beide sahen wir's vor unsrem geist'jen Auge vor uns, wie er da auf dem Thron hockt.

Dann schaltete ich das Radio ein und tänzelte verzaubert zu den Klängen von Prokofieffs klassischer Symphonie.

„Für mich der meist unterschätzteste Komponist…" sagte ich fröhlich, als Buz von einem Telefonat returkehrte, doch Buz schätzt es nicht so, wenn man „unterschätzteste" sagt, so, wie ich es nicht so schätze, wenn man Tonleiterversatzstücke und leere Dreiklänge übt.

Dann wurde noch etwas von Schostakowitsch gesendet.

Buz schaltete das Radio aus, und spielte ein paar alberne Tonleiterversatzstücke, die mir gleich auf den Wecker fielen.

Davon schaltete ich das Radio wieder ein.

„Was fällt Dir ein, mein Morgenkonzert einfach abzuschalten!" sagte ich wie eine ganz resolute Vierjährige.

Um elf mußten wir heute schon wieder nach Bremen auf den Flughafen fahren.

Mir stehen 14 sturmfreie Tage bevor – getrübt nur durch den Umstand, daß ich Buzens Schüler unterrichten muß.

Einmal - wir fuhren bei Sonnenschein durch Remels – wurde mir die Fahrt ein bißchen verdorben, weil mich die Frage bestürmte, ob ich das Bügeleisen in Mings Zimmer wohl ausgeschaltet habe?

Im Radio wurde Gershwin gespielt: „Ein Amerikaner in Paris" und ich fand´s so bezaubernd, daß dieser Amerikaner Gershwin selber gewesen ist, als er einst in Paris Ravel besuchte.

Beide starben ein Jahr bevor Buz geboren wurde, der jetzt auf seine friedliche Art am Steuer neben mir saß.

Schon waren wir am Flughafen, doch heut widerstand ich sämtlichen Versuchungen und fuhr auf dem Absatz wieder heim!

Im Auto war mir nämlich zu allem Übel auch noch der Gedanke gekommen, daß ich meinen Führerschein vergessen hatte!

Ich sah´s schon vor mir: *Die Polizei hält mich an, und ich muß 60 Mark Strafe zahlen.*

Dann hielt ich mich an Buzens Rat, zweimal links abzubiegen, doch dabei verfuhr ich mich. Ich kam in eine Sackgassengegend, und außerdem fuhr ich am Anfang in dem mir ungewohnten Auto schlecht und stottrig.

Ich kann ja froh sein, daß Buz es nicht mitbekommen hat, daß ich grad nochmals durch die selbe Straße vor dem Flughafen-Portal direkt an ihm vorbeifuhr.

Fast wäre ich in Hesel in das nette Lokal gegangen, doch dann dachte ich mir, daß ich das Essen nicht richtig genießen könne, bevor ich sähe, daß Mings Fenster in unserem Hause noch genauso ausschaut wie immer. Ich sah´s nämlich vor mir: *schwarz-verkohlt - an einer Stelle aufgeplatzt, und durch das Loch in der Fensterscheibe* stieg in meiner unschönen Vision *eine dünne Rauchsäule in den Himmel empor.*

Ich saß gemütlich am Tisch: Erfreut über die sturmfreie Bude und bestrebt, das Leben vielleicht eine Spur besser zu genießen als beim letzten Mal.

Beständig klingelte das Telefon, und mit einem Herrn ergab sich gar ein Telefonflirt!
Mit wissendem Untertone sagte er launig: „Ihr Mann ist mit Sicherheit nicht zu sprechen?"
„Mit Sicherheit nicht!" sagte wiederum ich mit Nachdruck: „Ich bin nämlich nicht verheiratet!"
„Höhö" und schon hatte man eine Plauderungsausgangsbasis.

Einmal plauderte ich mit Hilde und Omar.
Ich erfuhr, daß der Mohr nicht so gerne streitet. Er findet die deutschen Frauen kompliziert:
Ständig wollen sie sich zoffen und zanken und bedenken nicht, daß das Zusammenleben nach jedem Streit noch schwieriger wird, als es bei einem binationalen Ehepaar doch ohnehin schon ist.
Und dabei könnte das Leben so nett sein!
Ich schlug denen vor, daß man *eine* Stunde in der Woche streiten darf: Donnerstag von 16 – 17 Uhr. Dann darf die Hilde ihn anschreien wie sie will, und ihm all den Ärger, der sich im Laufe einer Woche angesammelt hat, erbarmungslos an den Kopf schmettern. Am Abend muß er dann einen Aufsatz darüber schreiben, was er besser machen muß, und die Hilde darf ihm eine Note dafür geben. Der Mohr möchte nämlich immer bei allem was man so macht, wissen, was man für eine Note dafür bekäme?
Wo er doch jetzt Schüler ist.

Gegenüber der „Börse" begegnete ich der bleichen Klavierspielerin Frau Seibl, die etwas geistesabwesend vor sich hinlief.

Frau Seibl geht's derzeit aus privaten Gründen nicht so gut. Sie sucht Klavierschüler und findet keine.

Aber *eine* langjährige Schülerin hat sie ja doch: Frau Kamp.

(„Auf das Rhythmische legt Frau Seibl *allergrößten* Wert!")

Doch die alte Dame ist arm, und stottert die Klavierstunden mit Gegenleistungen ab: Bügeln, oder mal einen Knopf annähen, und manchmal kocht sie z.B. dem 12-jährigen Sohn von Frau Seibl ein Mittagsessen, wenn er hungrig aus der Schule zurück kommt, weil Frau Seibl selber leider zu faul dafür ist.

„Wollt ihr uns nicht mal besuchen kommen?" rief ich freudig spontan aus.

„Wer? Frau Kamp und ich??" frug Frau Seibl, weil sie ja jetzt unbemannt ist, und schrecklich daran knabbert, so daß sie schon eine ganz geistesabwesende Ausstrahlung bekommen hat.

Hinterher kam's mir, auch wenn's nett gewesen war, ein wenig seltsam vor, daß ich so getan hatte, als wüßte ich nichts.

Doch wie soll man auch anders tun?

Einen leicht schalen Nachgeschmack hinterließ mein Telefonat mit Buz:

Immer wenn ich Buzen frag, ob ich Post hätte, sagt er blökend „nöööh!" und dann bin ich immer so enttäuscht, und die Enttäuschung läßt sich gar nicht mehr abschütteln.
Nach einer Weile vergesse ich dann den Grund, und spüre nur noch die Enttäuschung selber, die nicht von mir abgeblättert ist.

Freitag, 2. Februar

Zartes Geschnei (zauberisch)

Ich beugte mich dem Weckerschrill, auch wenn ich allein war, und niemand mein Früherhöbnis registrieren und bestaunen würde.
Draußen schneite es ganz zart und kristallen – es schaute aus wie auf der Oberfläche eines kleinen Usolikörchens.

Ich stellte mir vor, der Omar in der Schule zu sein, als ich von 9:20 bis 10:05 eine Frühstückspause einschob. Ich saß da, aß Orangenschnitze, Cornflakes, eine Honig-Laugenstange und schaute „Hallo Deutschland"-Episoden wie beispielsweise über das Leben einer Vierlingsfamilie in Bremerhaven.
Die Vierlinge sind jetzt zwei Jahre alt und machen viel Müh´.
Der Vater sieht gut aus, hat aber einen eher befremdlichen Frauengeschmack, denn er heiratete

einfach eine ältlich ausschauende Dicke, und nun sind sie mit ihren Vierlingen „gut bestückt".

Über Sebastian Hess, der Buzen gestern ein Fax geschickt hat, dachte ich auch nach.
Überschwenglich schrieb „der Wirbelwind" (wie Ming ihn nennt), daß er gerne mal mit Buz selber, oder auch dem Nicko („der uns schließlich zusammengeführt hat") im „Musikalischen Sommer" etwas spielen würde.
Mich erwähnte er mit keinem Wort, weil er mich vielleicht schon vergessen hat.
„Mit mir spielt niemand gern", sagte ich im Geiste ohne Bitternis zu Buzen, denn ich gehöre ja nicht unbedingt zu jenen Interpreten, die auf der Suche nach der Wahrheit, oder nach neuen interpretatorischen Ufern sind. Mein Ohr passt sich den Gegebenheiten an, und ich spiele „mal so, mal so".
Neulich meinte Buz z.B., mir ein „Aha-Erlebnis" zu bescheren, als er ausrief: „S.V.! Das bedeutet Senza Vibrato!" (In Ysayes 5. Sonate.) Ich aber meinte nur, daß es mir nicht gefiele, es passe nicht zu meinem Charakter, der Komponist sei nicht anwesend, und die Leute die da sitzen wissen eh nicht, was in den Noten steht. Spielt man´s ohne Vibrato, so klingt es wie von Gidon Kremer interpretiert, und das mag ich nicht so.

Dann sattelte ich mich zum Bankgang zurecht. Mich dabei fühlend wie Erika Kohut,*

*der Klavierspielerin aus dem Roman von Elfriede Jelinek

die das Geld lieber in Form eines Eintrags der Oldenburgischen Landesbank sieht.

Unterwegs war ich gedanklich damit beschäftigt, daß der Storch genau heute vor 100 Jahren einen kleinen Heifetz gebracht hat.

Doch vor 100 war der Name ebenso wenig ein Begriff, wie er es heute ist.

Damals **vor** 100 Jahren und heute **nach** 100 Jahren sagt(e) man: „Heifetz? Nie gehört..."

Zwischendrin jedoch war er streckenweise ein weltberühmter Meistervirtuose auf der Violine. Der Beste, der jemals gelebt hat, wie allgemein gedacht wird.

Immer wieder dachte ich daran, daß unser Freund Heiko heut 40 wird, und gegen Mittag rief ich dort an.

Mutti Moni kam an den Apparat, und ich erzählte, daß ich ihnen heut ein Preisausschreiben auf ihren Namen ausgefüllt habe: Als Preis wünke ein Wochenende im Romantik-Hotel.

(Das Lösungswort hieß: „Bavaria-blue".)

Der Heiko als 40-jähriger Ehemann war naturgemäß nicht so angetörnt von dieser Idee.

Plötzlich soll man einen auf Romantik machen, wenn man sonst den ganzen Tag hauptsächlich streitet?

Mittags glückte mir eine lustige Ansage auf unsrem Anrufbeantworter: Ich parodierte ein binationales, friesisch-bajuwarisches Ehepaar und sprach mal hoch mal tief: „Mohoin!" sagte zunächst eine humorfrei empörte Friesenstimme. Später lachte ich bei der Idee, zu sagen: „Erika Kohut und Wolfram König sagen „Moin!" Doch Buz soll erstmal über diese eine Ansage lachen.

Auf der Post begegnete ich Herrn und Frau Bastian, die immer alles gemeinsam betreiben, seitdem sie in Rente sind.
Beispielsweise gemeinsam einen Brief einzuwerfen.
Ich machte die beiden auf mein Konzert in Holtrop aufmerksam, und Frau Bastian meinte vage, daß man schauen müsse, wie die Straßenverhältnisse seien, so daß man seinen Arsch gleich darauf verwetten konnte, daß sie nicht kommen.

Im Zentral-Café war ich heut auch.
Ich saß am Fenster und draußen war's so zauberisch: Zart kristallen verschnieselt, frisch und dämmrig. Die Illustrierten waren nicht so besonders interessant, auch wenn man in der Bunten ein kleines Bild von Anne-Sophie Mutter bestaunen konnte:
In ihrem neuen vorhangsfarbenen Kleid sah sie aus wie eine Vase.
(Was ist denn bittschön „vorhangsfarben"? ruft hier der Lektor fragend aus! Doch ich weiß es nicht mehr...)

Am 9. Februar gibt sie ein Konzert in Aurach, und die Karte kostet 1000 Mark, wobei ein Glas Schampus im Preis mit inbegriffen ist.
Ferner konnte man lesen, bzw. auf Fotos sogar sehen, daß sich der Professor Brinkmann mit seinen beiden großen Kindern doch wieder versöhnt hat.
Der Sascha mit seinen 36 Jahren hat schon ganz graues Haar, und sieht häßlich aus, finde ich.

Abends beschloß ich dann doch, zu Heikos Feier zu gehen. Die „Baßgeige"(einen Wein), die Buz in einem Quartettabend für seine Bemühungen überreicht bekommen und vergessen hat, wickelte ich liebevoll als Geschenk ein.

Beim Üben sah ich, daß mein Auto ganz schneeverkrustet war, und dachte gleichmütig, daß einsame Frauen, wie beispielsweise die Veronika und ich so quasi dazu gezwungen sind, sich selber ein Herz in die Schneekruste hineinzumalen, damit sie sich am nächsten Tag freuen.

Traurige Nachrichten von Frau Münch:
Ihr Kater mußte heute eingeschläfert werden.
Fast 19 gemeinsame Jahre hat man miteinander verbracht, und nun konnte man seine Altersschwäche nicht mehr mit ansehen.
Nach der Einschläferung legte sich Frau Münch, die immer noch krank ist, auf der Scheselong und trauerte, weil sie jetzt niemanden mehr hat.

Als ich zum Heiko lief, dachte ich darüber nach und trauerte ein wenig mit.

Ich hinterließ unzählige Fußspuren im Schnee und kam nach etwa 27 Minuten strammen Fußmarschs durch die Nacht wohlbehalten an.

Heikos Feier fand am anderen Ende von Aurich statt. Im Haus Nr. 18, welches man demnächst zu beziehen gedenkt, und das zur Stunde noch ganz leer ist. Ideal somit für eine Feier mit vielen Gästen.

40 Gäste waren geladen, und ich fand den Lärmpegel unerträglich.

Am schlimmsten waren die kreischenden Kinder, die mich auf eine professorale Art gar nicht zu beachten pflegten, obwohl ich ihnen hi und da über den Kopf strich.

Damals wie heute habe ich kein Verständnis dafür, wie man ein Vergnügen dabei empfinden kann, kreischend hintereinander herzurennen?!

Der kleine Johannes heulte einmal laut, weil ihn die anderen geärgert hatten, und erinnerte mich dabei in seinem Schmerz direkt ein wenig an den jungen Ming.

Mutti Moni nahm die Kümmernisse ihres Sohnes ernst, und tröstete liebevoll an ihm herum, so daß das blecherne Geheule bald in ein bewegtes Schluchzen überging.

Manchmal unterhielt ich mich, und versuchte den Pfad des schmalen Talks wenn möglich schon im allerersten Satz rigoros zu verlassen.

Doch bei dem abscheulichen Lärm war´s schwierig, überhaupt in Schwingung zu geraten.

Mit folgenden Bekannten plauderte ich: Christiane (banal), Asisa (sehr nett; arbeitet bei McDonalds). Ferner traf ich meine leicht unkeusch wirkende Klassenkameradin Martina G. wieder.

Dann begrüßte ich mich mit einer anderen Klassenkameradin, - heute stolzer Mutti von zwei Söhnen. Leider ist sie in der Zwischenzeit ganz dünn geworden, so daß es direkt ausschaute, als würde der Totenschädel unter ihrer Alabasterhaut hindurchschimmern. Sie widmete sich mir mit großer Zuwendung in Form kugelig herausgeschraubter Augen, die wie kleine Tischtennisbällchen wirkten, die jemand dazu genutzt hatte, sich künstlerisch auszutoben, um ein Auge draufzumalen.

Nach einiger Zeit lief ich wieder nach Hause und hinterließ schon wieder unzählige Fußspuren im Schnee, die alsbald zugezuckert wurden.

Samstag, 3. Februar

Zunächst bleich und sehr kalt.
In Worpswede über die Mittagsstunden hinweg
Sonnenschein – abends ein Geschnei wie in Sibirien

Ich erhob mich, packte zusammen und fuhr los.

Gleich am Morgen freute ich mich schon auf das NDR-Wunsch-Konzert, das während der ganzen Reise aus dem Radio tönte und dröhnte.
Kurz vor Worpswede spielte Itzhak Perlman den Kopfsatz von Beethovens Frühlingssonate, und dabei hatte sich der Wünschende doch den Heifetz gewünscht!
Doch der Sprecher sagte einfach eigenmächtig:
"….haben wir jemand, der durchaus auch Violine spielen kann!"
Obwohl ich am Telefon zum Joachim gesagt hatte, ich würde keine Rast machen, machte ich doch eine, und zwar wie immer im Rasthof Hasbruch, mit seiner leider billigen Mensa-Atmosphäre.
„Bild" lesend, und zu meinem Kaffee ein nahezu schwereloses Marmeladencroissant verzehrend (ein Satz, wie aus dem Jahresrückblicksrundbrief einer reifen Frau) saß ich an einem Tisch mit Krankenhauscaféterienambiente.
Man las, daß es mit der erkrankten Renate Hildebrandt, einer Beate Uhse-Variante aus der Politik, die nie ihren guten Humor verloren hat, zuende geht.
Allerdings merkte man beim lesen bald, daß das Blatt nach Art vom Onkel Eberhard einfach drauflos dramatisiert hat, denn Renate H. hatte in dem Interview lediglich anklingen lassen, daß sie gern zuhause sterben würde, wenn denn mal der Tag gekommen ist.
Wann das sein soll, stünde in den Sternen, und auf dem Foto konnte man sie mit fröhlichem Lachen

beim Eislaufen sehen…dann fuhr ich weiter und begann mich plötzlich ganz arg auf die Gaßmanns zu freuen. Mir kam es vor, als hätte ich dort eine Oase, bzw. einen Halt im Leben gefunden, und könnte, wenn ich wollte, auch für immer bleiben.

Gegen 10 Uhr 10 kam ich an:
Joachim und Edith hatten sich schon so auf mich vorgefreut, daß sie bereits am Fenster standen und mir freudig zuwunken.
Ich lief durch den parkähnlichen Garten zur Haustüre, und während der ganzen Zeit bewunken wir uns freudig.
Oben wurde ich herzlich willkommen geheißen, und wie alle Tage gab´s zunächst Tee mit englischen Butterplätzchen.
An der Edith muß immer herumermahnt werden, damit sie sich nicht zu viele nimmt, und ich dachte heut über Ediths Schicksal nach:
Ihr Papa ist immer so warm, nachgiebig und zärtlich mit ihr, während Mutti Ingrid eine Tendenz aufweist, bei ganz banalen Dingen, wie beispielsweise, wenn die Edith nach den Tulpen auf dem Tische langt, ärgerlich und streng zu werden!
Ich malte mir aus, wie der Joachim, der ja kein Jüngling mehr ist, vielleicht schon stirbt, während die Edith noch ein kleines Kind ist?
Die Edith hat nur die schönsten Erinnerungen an ihn, und middrmuddr hingegen gibt's laufend Zoff.

Davon glorifiziert sie den Verblichenen, und ärgert sich bis ins hohe Alter mit der Mutter rum. (So wie Frau Münch.) Von diesen Überlegungen *fühlte sich der Joachim für mich gleich an wie eine Erinnerung – eine lebendige Erinnerung an damals, als er noch gelebt hat....*

Der Joachim erzählte, daß seine Schwester Zwillinge bekommen hat.
"Vor kurzem", dachte ich natürlich zu diesen überraschenden Worten, doch seither sind 23 Jahre vergangen! Damals nahm sich der rührende Joachim, der einst als Kindergärtner arbeitete, einen ganzen Monat lang frei, um seiner Schwester beim wickeln und füttern zu helfen. „Und jetzt melden sie sich nur noch, wenn sie Geld brauchen?!" ahnte ich, und so ist es wohl auch ein bißchen....
Die kleine Edith holte ihr kleines Rucksäckchen herbei, schnallte es sich auf den Rücken, und rannte übermütig damit herum.
Mutti Ingrid meinte, sie sei heute so albern...
Wenn ich so über die Ingrid schreibe, dann klingt´s fast ein wenig spitzzüngig, so daß ein falsches Ingrid-Bild entstehen könnte, und dabei ist die Ingrid süß wie Pipi Langstrumpf, und ich hab immer das Gefühl, daß sie sich richtig und von ganzem Herzen, so wie es eigentlich nur Kinder und einsame Rentner können, über meinen Besuch freut.

Heut war ich bei den Gaßmanns nicht so müd wie beim letzten Mal, und konnte die Werke hinzu schon ein wenig besser.

Die Edith saß fast die ganze Zeit interessiert im Sessel, während wir probten.

Etwas, was die meisten Musiker nicht so gerne sehen, weil die Kleine u.a. dissonante Klänge auf ihrer eigenen Gitarre dazuzupfte, so daß man sie ihr zuweilen entrupfen mußte.

Davon verfiel sie dann in ein kurzes Heulkonzert.

Manchmal aber tanzte sie auch zu der Musik, da es sich um ein sehr musikliebendes Kleinkind handelt.

Dann gab´s ein Mittagessen.

Ich war schon so auf Nudeln eingestimmt, weil ich gemeint habe, bei Gaßmanns gäbe es immer Nudeln.

Doch heut gab´s Kartoffeln mit einer Lauch-Sahne-Soße.

Die Ingrid wurde wieder etwas ärgerlich auf die Kleine, weil sie so ein ungezogenes Geschrei machte, wenn man ihr Sahne-Soße auf die Kartoffeln draufschöpfen wollte. Der Joachim wiederum war immer ganz einseitig parteiisch, und sagte Dinge wie: „Ich will nicht, daß unser Kind bei Tisch sitzt und immer Dinge essen muß, die es nicht mag!"

Ich selber erzählte meist seltsame Geschichten, die ich aus meinem Anekdötchen-Repertorium abpflückte wie Weihnachtskugeln die in meiner Reichweite hängen.

Beispielsweise erzählte ich von Omi Nowack, die die Gaßmanns doch gar nicht kennen, und leider auch nie kennenlernen werden, da sie bereits seit geraumer Zeit unter der Erde ruht, und die so gelebt habe wie in dem Hit „Aber bitte mit Sahne!" und davon nun leider schon verstorben ist!
Und dies noch vor ihrem 61. Geburtstag!

Nach dem Essen hat die Edith im Übzimmer einen Teller zerschlagen.
Der Joachim machte gleich glühende Worte drum, daß er das nicht so schlimm finden kann, und die Ingrid biss die Lippen aufeinander, um verärgerte Worte, die ins Freie strebten am Auftönen zu hindern. „Hab ich etwas gesagt?" frug sie leicht verärgert, und die Kleine sagte provozierend: „Paputt gegangen!"

Einmal schaute ich die in der Dunkelheit beleuchtete kleine Edith an, und stellte mir vor, daß vor 59 Jahren vielleicht das kleine Rehlein so ein süßes Kind gewesen sein könnte?
Dann verabschiedete ich mich.
Es reute mich leicht, daß ich die Ingrid zum Abschied nicht umarmt habe, obwohl sie mich so nett antippte.
Mit dem Joachim umarmte ich mich nämlich am Auto, (die Zündung ging von ihm aus) und dann sah ich, daß die Ingrid am Fenster stand, und bestimmt traurig war, daß sie nicht auch umarmt worden ist.

Ich beobachtete das ganze sogar von Außen aus dem Seifenopernblickwinkel.

„Gib der Ingrid noch einen Kuß von mir!" sagte ich somit nett zu Vati Joachim.

„Das mach ich doch glatt!" versprach er herzlich.

Beide hatten mich so nett eingeladen, bei ihnen zu übernachten, und später bereute ich´s, das Angebot nicht angenommen zu haben, da die Heimreise zu einer Alptraumfahrt wurde: Ein Schneetornado wütete, und bald schon herrschte überhöhte Rutschgefahr!

Zuweilen fuhr ich nur 30 oder 40 Stundenkilometer, und doch war´s gefährlich.

Ewig kam man nicht aus dem Großraum Bremen heraus, und zweimal rutschte mein Auto so ekelhaft. Einmal gar so, daß ich den Motor abwürgte. Außerdem war mein Radio kaputt gegangen. In Intervallen von etwa 25 Sekunden tönte immer ein Piepston auf.

Mehr als einmal dachte ich: „Ich sollte umkehren!"

In welche Situation ich meine Liebsten gebracht habe! Wenn sie gewußt hätten, daß ich in Lebensgefahr schwebte?!

Zuweilen dachte ich, ich müsse mir ein Hotel nehmen, aber um 22:09 Uhr kam ich dann doch daheim an. Froh, es geschafft zu haben!

Sonntag, 4. Februar

Schneefall. Bergend

Gestern spät hatte mich eine Botschaft auf dem Anrufbeantworter elektrisiert: Unser lieber Freund Christoph-Otto B. ließ anklingen, daß er sich vorstellen könne, daß ich ihm bei der Sendung „Radio-Ostfriesland-Klassik-Spezial" eine Stunde lang als Plauderpartnerin über Musik zur Verfügung stehen könne.
Mir fiel gar nichts ein, was ich über Musik sagen könnte. Höchstens vielleicht: „Musik ist meine große Liebe, und über die große Liebe fällt einem meist nichts Rechtes zu reden ein...Mir geht´s mit der Musik so, wie es Anton Tschechow mit seinen Liebesbriefen ging:
"....mir fällt gar nichts ein, was ich Dir schreiben könnte. Außer, daß ich Dich liebe!" schrieb der Dichter seiner Frau.
So stand mein Vormittag im Banne dessen, ob ich nun dort hingeh´ oder nicht?
Ich litt an „Kältewallungen": Eigentlich fühlte ich mich ganz warm, und nur mein Innenkern wurde immer wieder von Kältewallungen durchbebt.
Doch letztendlich sprach ich dem Christoph nur eine ganz normale, positive Botschaft auf Band und wartete somit die ganze Zeit freudig, ob er sich wohl melden würde? Sogar das Haupthaar wusch ich mir, obwohl man´s durchs Radio doch gar nicht sieht!

Zunächst saß ich allerdings vor dem Bildschirm und erholte mich vor- oder nachträglich von allem möglichen in meinem Leben, ohne eine rechte Befriedigung daraus zu schöpfen.

Ich schaute „Arbeitsrichter Ulrich Volk", welchen ich ja lieber mag, als den altersgrämlichen Guido Neumann, mit dem er sich die tägliche Sendezeit teilt.

Ein Arbeitgeber klagte gegen drei polnische Arbeitnehmer, die sich einfach eigenmächtig im Grand-Hotel einquartiert hatten, weil sich der Wohncontainer, der ihnen zur Verfügung gestellt worden war, innen wie ein Kühlschrank anfühlte.

Nach einer Weile übte ich auf meiner Violine.

Ich war sehr streng mit mir, und arbeitete die Sonate Nummer fünf von Ysaye phrasenweise durch.

Schon mit der ersten Phrase war ich unzufrieden, weil ich die Ohren bzw. meine Vorstellungen auf „Prof. Kebap" umgestellt hatte.

Versteht dies der Leser?

Ich versuchte, so zu hören, wie´s der Professor Kebap tut, der sich unter den meisten Darbietungen wie unter Peitschenhieben zu krümmen pflegt.

(„Schweinerei der Streicher!")

Beim Blick aus dem Fenster sah ich die Ina in Reiterstiefeln mit undefinierbarer Ausstrahlung zu ihrem Auto schreiten.

Jetzt, wo mit ihrem Liebhaber Schluß ist, widmet sie sich ihrer einzigen verbliebenen Liebe – den Pferden.

Da rief der Heiko an.

Dem treuen Heiko war´s nicht entgangen, daß ich die „Baßgeige", die sich unser Papa mal ergezt hat, unauffällig in den Flur gestellt hatte, weil es mir ein wenig peinlich war, daß uns Erwachsenen allen nur ein einziges Geschenk für den frischgebackenen 40-jährigen eingefallen war:

Eine Flasche Wein, mit welcher er die Sorgen und Kümmernisse der Reifen, für die der Zug nun abgefahren ist, ertränken kann.

Erstmals fiel im Zusammenhang mit dem Heiko nun auch der Ausdruck „rüstig". Daß er noch rüstig sei. (Mit Betonung auf „noch")

Der Heiko hätte mich so gerne im Radio gehört, und gab mir die Studio-Nummer durch, wo ich dann gleich den Christoph anrief.

Doch man hatte die Konzeption der Sendung geändert, so daß für eine Plauderei mit einer Dame kein Platz mehr war, - und so hörte ich mir die Sendung einfach bei uns zuhause an.

Der Christoph sprach schön und deutlich, und räumte uns Königs einen Riesenraum in seiner Sendung ein. Nicht genug damit, daß ich die ganze C-Dur Fuge spielte: Meine CD wurde auch noch verlost!

Die Hörer mußten anhand eines anderen Hörbeispiels raten, was gespielt wurde:

Die Goldberg-Variationen, und der Interpret war kein Geringerer als Ming selber!

Nach einer Weile absolvierte ich die ausgeloste Telefonierstunde:
Zunächst sprach ich dem Heiner leicht erotisierend auf den Anrufbeantworter: Er solle sich seine Glückwünsche abmelken. Entweder persönlich oder unter der Nummer....Dann rief ich auch noch Heiners Mutti, meine Extante Antje an.
„Kühne.." erklang die vertraute Stimme.
Die Antje war nett, aber etwas in Eile, und dabei hätte ich mich in meiner Einsamkeit am liebsten, zumindest verbal, ganz fest an die Antje angeschmiegt, froh, daß man überall auf der Welt verteilt Tanten hat.
Der Friedel sei mit der Doro in Grebenstein.
Und so telefonierte ich erst mit Herrn Rose, der sich – obwohl von Rehlein als schrecklicher Mensch abgestempelt – äußerst freundlich und hilfsbereit zeigte.
Er gab mir die Nummer seiner Schwester in Bad Arolsen, die auch so nett war, und mir gleich den Friedel herbeilockte.
Ich glaube, der warme Friedel war gerührt, daß ich an ihn gedacht hatte.
Von der Oma erfuhr ich wenig später, daß der gefühlvolle Friedel sie besucht und fotografiert habe!
Wenig Gutes erfährt man leider über die Kionczyks.
Etwas, das mich leicht traurig stimmte.

Die Edith sei ganz grantig geworden, und neulich habe sie einen Ausbruch gehabt, wie ihn die Ella überhaupt noch nie erlebt habe:
Sie schimpfte herum, daß die Oma sie immer nur anlügt, und sagte, sie würde gar nicht mehr kommen, - und ist seither auch nicht wiedergekommen.

Abends empfand ich beim Üben in meinem Zimmer das Leben so stark:
Im Schein der Lampe sah man kleine Schneeflöckchen toben, und ich freu mich immer so, wenn bei den Nachbarn Licht brennt.

Montag, 5. Februar

Bleich – Schneesuppe nach Art von Tiefkühlkost, die im falschen Eisfach lag

Eine Meßlatte, wie spät's wohl sein mag, bildet immer der Erkaltungsgrad der Wärmflasche an meinen Füßen.
Draußen wirkte es schon so hell, doch es handelte sich um schneesuppengetränkte Wolkenmassen, die diese für die Uhrzeit (noch) unpassende Helligkeit hervorgerufen hatten.
Um viertel vor acht begann ich mit der Überei und übte ein Nocturn von einem Tondichter namens Burgmüller, (als Draufgabe fürs Holtroper-Konzert gedacht) doch es schien mir banal.

Ich fühlte mich direkt ein wenig so wie Buz, wenn er vielleicht ein Werk von Meinardus übt – einen musikalischen Groschenroman, geschrieben mit Mut zur Lächerlichkeit.

Dann dachte ich mir aus, *wie ich mir im Falle von drei Wünschen wünschen würde, daß Frau Brigitte Heike ganz überraschend innerhalb von 30 Tagen wieder ganz gesund wird.*
Ich stellte mir vor, wie es ihr jeden Tag ein bißchen besser geht, und wie sich Herr Heike wundern wird!?
Zu seiner eigenen Bestürzung muß er sich aber ein-gestehen, daß es ihm gar nicht so recht ist, da er die Brigitte doch schon abgehakt, und gedanklich bereits ein neues Glück im Visier hat?
Gedanklich tüftelte ich während der Überei auch die ganze Zeit daran herum, wie ich die anderen Vorhaben des Tages wohl auf die Reihe bekomme?
Besonders sauer lag´s mir im Magen, daß ich extra wegen dem Trompeter Nakariakow nach Emden fahren sollte.
Ich dachte an das süßeste Rehlein, das immer so fleißig die Plakate für den Prof. Hamann oder Justus Frantz und all die anderen Deppen aufgehängt hat, und nun muß auch ich wegen jemandem, dem ohnedies immer alles in den Arsch geschoben wird, nach Emden reisen und mein Leben riskieren!
Ich stellte mir vor, *wie Herr Schumann von der Sparkasse unnatürlich ärgerlich wird, wenn ich nicht komme, und ihn stattdessen anrufe?*

„Wir waren auf Sie eingestimmt!!"
(In empörtem, friesisch-humorfreiem Ernste ausgerufen.)
Ich sah und hörte es vor mir.

In der Frühstückspause drohte ich daltonsyndrombedingt kurzfristig in ein Schaffensloch zu fallen: Kleinigkeiten, wie beispielsweise, sich eine Mahlzeit herzurichten, bekommt man nicht mehr so ohneweiteres hin, weil sich ständig etwas dazwischen schiebt.
Seelisch ging´s mir erst besser, als ich Brahms hörte.
Zuerst die ungarischen Vierhändigkeiten, und dann gar die dritte Symphonie, die durch großen Zufall soeben im Radio gesendet wurde.

Draußen herrschte ein Schneesuppenwetter: Der Schnee war zu Suppe geronnen, man konnte wieder Auto fahren, und somit fuhr ich ans andere Ende der Stadt.
Beim Abbiegen zum „Galaxy" (dem Fitnessklub) dachte ich bei mir: „Wenn man *nicht* blinkt, so wirkt´s künstlertypenhaft-arrogäntlich, und blinkt man zu früh, so wirkt´s wichtigtuerisch wie von einer alten Dame („Wir fahren ja ins Gäläxy!"), und so muß man, einem guten Musiker gleich, zum Blinken immer kunstvoll den rechten Moment abwarten.

Mehr zu Zerstreuungszwecken besuchte ich hernach noch den Combimarkt.

Ich las in den Illustrierten herum, und fand alles so interessant: Z.B. ein Interview mit „Kohl´s Määäädchen", der farblosen Angela Merkel.
Etwas kindisch-aufdringlich wollte die Reporterin mit ihr über ihre Haare reden, die mal hell, und mal dunkel seien?!
Doch der engagierten Politikerin mundeten diese banalen Themen naturgemäß nicht, und sogar mir als anonym-Lesender war´s leicht peinlich, daß man einer gestreßten Frau, die doch zum Wohle der Menschheit unterwegs ist, mit etwas Derartigem kommt!
„Ich hab keine große Lust über dieses Thema zu reden. Es gibt spannenderes als meine Frisur!" sagte die Merkelsche.

Dann traf ich die Christiane mit dem kleinen Martin am Joghurt-Eck.
Mutti Christiane lud mich zum Essen ein, doch ich wiegelte ab.
Den kleinen Martin fand ich so nett.
Einmal nannte die Christiane ihn allerdings "Blödmann!"
Traurigerweise ist dies bei denen die Norm, daß beide Eltern den kleinen Martin gelegentlich, und ohne sich groß´ etwas dabei zu denken, so häßlich benennen.
Als engagierte Frau hätte ich eigentlich eingreifen müssen.

Ich ließ den kleinen Martin lesen, was auf der Tiefkühlpackung steht: „Pfannengemüse", und stolz las er es mir vor.

Später dachte ich dann über die Christiane nach, und daß vielleicht die Unsicherheit in ihr nagt, ob ich nun etwas mit dem Tone habe, oder nicht? Vielleicht hat sie am Ende gar eine Sünde im Stile von Arthur Jones auf sich geladen? (Dem „Dämon hinter Spitzenstores" aus meinem so überaus packenden Roman von Ruth Rendell?)

Wer weiß, ob sich nicht vielleicht Folgendes zugetragen hat:

Einmal gestand ihr der Tone, daß er in mich verliebt sei, aber nicht schlau aus mir würde.

Da nahm die Christiane das Schicksal vielleicht eine Spur zu eigenmächtig in die Hand, indem sie ihm sagte, daß ich ihr gesagt hätte, ich liebe einen anderen...und auch, wenn das ganz in meinem Sinne ist, knabbert die Christiane nun vielleicht ein bißchen an dieser kleinen Sünde, und versucht sie anderweitig wieder auszugleichen, indem sie sich vornimmt, mich öfters mal zum Essen einzuladen? (Doch ich nehme es ihr nicht krumm.) (Falls es überhaupt so war??)

Daheim gönnte ich mir eine einsame Mittagspause.

Ich wärmte die dicken Bohnen auf und las im Spiegel ein langes und packendes Interview mit Boris Becker.

Wenn alle Leute so interessante Interviews geben würden, dann wäre das Leben für uns Journallesende leichter und angenehmer.

Ansonsten hielt ich aber ganz starr meine Zeiten durch:
14:00 bis 14:45 Aufräumen.
14:50 – 15:35 Korngold, letzter Satz.
15:50 – 16:35 Ysaye-Sonate mit Tonband verfeinern…und so ging´s weiter bis 21:35.

Zur Teestunde schrillte das Telefon:
Die Veronika war´s, die mal wieder Appetit auf Buz, bzw. seine guten Lehren ← natürlich! Hahaha! - verspürte.
Die Veronika plauderte ein bißchen aus dem Nähkästchen, und ich erfuhr, daß im Herzen ihrer Schwester Franziska nur noch Einer leben würde: Und wer dieser Eine sein soll, ist ja wohl unschwer zu erraten: Herr Herberger.
Herr Herberger war zu ihr als Patient in die Augenarztpraxis gekommen, und die Franziska hatte immer so fest vor, berufliches und privates strikt zu trennen, doch in diesem Falle scheint der Vorsatz nicht gegriffen zu haben?
Neulich wollte die sensible Veronika ihre Schwester mal besuchen, doch die Franziska druckste so herum…
Hoffentlich fällt sie nicht in ein tiefes seelisches Loch, wenn der von den Jahren benagte Herr Herberger mal nicht mehr ist?

Am Abend war ich so müde wie lange nicht. Meine Augäpfel fühlten sich ganz geschwollen an, ich

konnte kaum fokussieren, und sah alles unscharf und doppelt.
Dann ging ich zu Bett.

Dienstag, 6. Februar

Der Schnee war verschwunden! Dünn verregnet

Am Morgen erhob ich mich in die Nachtesschwärze hinein, las über Arthur Jones und seinen schlechten Charakter, der sich hinter der Maske des Biedermanns verbarg, und als um 7:43 der Wecker zum Tätigsein aufklingelte, dachte ich: „Jetzt muß ich mich schnell freuen, und die Überei genießen!" weil man ja sonst immer quer am Leben vorbeilebte, wenn man bei so quasi allem, was man tut, nur auf´s Ende dessen hinschielt?
Im Grunde sehnte ich nämlich, auch wenn ich niemals mehr so jung zusammenkomme, das Ende des ganzen Tages herbei: 14 – 19 Uhr unterrichten – man faßt es nicht! Und dann hatte auch noch Mutti Schinke ihr Kommen für den Vormittag vorfixiert…

Dann machte das Schicksal allerdings doch einen Hakenschlag, und das Leben wurde wieder schöner: Ein Blick aus dem Fenster verriet, daß uns zwei Mülltonnen geschenkt worden waren: Eine blaue für´s Papier, und eine kleine mattgrüne Biotonne.

Mir kam es vor, als hätte sie der Weihnachtsmann persönlich für uns hingestellt. Sie sahen so wunderhübsch, frisch und neu aus. Grad wie die Bleistiftspitzer in Mülltonnenform, die der Onkel Rainer mal irgendwann als Treuprämie erhalten, und hernach als kostengünschtiges Gastgeschenk in Ofenbach angebracht hatte.

Dann fuhr ich eilig zum Fitnessklub, weil ich pünktlich um 9 Uhr 40 wieder daheim sein wollte, um mich vor Frau Schinke vor zu erholen.
Vor dem Fitnessportal warteten zwei ganz Emsige, die so wie ich, je vorhatten die Erste zu sein, weil´s ja heißt „den Letzten beißen die Hunde".
(Friesenlogik.)
Die beiden hatten den jungen Beau vom Herrenklub auf dem Kieker, weil er so wenig scharmvoll sei.
„Aber dafür hat er Muskeln!" höhnte die eine Dame, und dann lachte man im Duett leicht wegwerfend über den Beau.

Wieder daheim versuchte ich schnell das Leben zu genießen, doch bereits um 10:07 schellte Frau Meyer. Mit zirka fünfminütiger Verspätung schellte auch Frau Schinke.
„Nu ist´s passiert!" dachte ich, als ich durch das Türfenster auf die vermummte Gestalt im Regen draufblickte.
Die rührende Frau Schinke brachte mir zwei verspätete Weihnachtsgeschenke mit: Eine Flasche

Wein, und ein Sträußlein in einer Vase, und die hübsche Vase war im Geschenk mit inbegriffen! Ich war gerührt.

Dann faltete sie ihre Noten auf: Ein Haydn-Quartett, und setzte alsbald die Bratsche an.

Fast jeder Ton war leicht unsauber, und als ich, vielleicht ein wenig krümelig auf Schumu*art herum unterrichten wollte, sagte Frau Schinke gleich zu Beginn, man müsse versuchen, schnell weiterzukommen, da die wirklich haarigen Stellen noch kämen.

*Schumu: Schulmusikstudenten, die infolge mangelnder Erfahrung äußerst pingelig, dabei jedoch meist gänzlich nutzlos zu proben oder zu unterrichten pflegen

Etwas Angst hatte ich, Frau Schinke könne die Bezahlung aus Altersgründen vergessen?

Doch die liebe Frau Schinke legt das Geld immer gleich auf den Tisch, grad aus Angst, *dies* könne ihr passieren.

Nach dem Unterricht war ich fröhlich! 75 Mark verdient.

Oben bügelte Frau Meyer in Mings Zimmer, und mir gefiel es unglaublich, eine bügelnde, fleißige Frau im Hause zu wissen.

Fast hätte ich in einem gewissen tänzerischen Überschwang ausgerufen:

„Theda, ich finde es so toll, daß du da bist!! Endlich Aura im Hause!"

Doch Frau Meyer als rustikales Nordlicht kann mit einem Überschwang dieser Art nur wenig anfangen, und so dachte ich´s halt nur für mich.

Einmal rief die Mireille an.

„Ich hab gerade einen Brief aus dem Jenseits bekommen!" erzählte ich freudig, weil Rehlein heut einen Brief Mobbelns geschickt hat, den Mobbl im Jahre ´98 für mich geschrieben, dann allerdings nicht weggeschickt hat, weil er saftige Schmähtiraden gegen die Dame Gerswind enthielt.

Mobbl war in Schreibschwung geraten, die Nadel hupfte in ihre Rille, und so war der Brief scheinbar zum Wegsenden verdorben.

Heute kann ich Mobbl so gut verstehen!

Um 14 Uhr begann dann meine anstrengende Tätigkeit in der Musikschule:

Zuerst plagte ich mich mit Jasper U. ab, doch die meiste Zeit redeten wir bloß.

Der süße Jasper empörte sich über die dummen Raucher, und erzählte mir ein bißchen aus seinem Burschenleben: Nach dem Essen möchte er sich immer gern hinter dem Computer vergnügen.

Doch er und seine fünf Brüder dürfen je nur eine halbe Stunde pro Tag am Computer sitzen, und müssen sich hierfür in einem daneben liegenden Buche ein- und wieder austragen. So will´s die strenge achtfache Mutti.

Einmal wollte er seine Lebensgeschichte niedertippen, kam aber nur eineinhalb Seiten weit…

Um 14:30 kam der Florian, diesmal als Geiger.

Ich erfuhr, daß seine kleine Schwester Isabelle ihm alle Wirbel verdreht hatte, was zur Folge hatte, daß die Violine während des ganzen Unterrichts leicht verstimmt war.

15 Uhr: Christoph O. ein Knirps mit einer blonden Deckelfrisur.

Der kleine Christoph ist sehr ernst und artig, doch leider nicht besonders intelligent. Trotzdem hätt ich ihn so gern abgebusselt, als wenn's mein kleines Brüderlein wär.

Nach jedem Schüler hegte ich die Hoffnung, der nächste käme nicht, damit ich endlich mein Buch weiterlesen könne, aber gerad wie in Rehleins Geschichten sind alle, alle, alle gekommen.

Jetzt z.B. kam Andreas H., der grippebedingt ganz dünn geworden ist, und mit seinen langen Haaren wie das tapfere Schneiderlein ausschaute.

Wir arbeiteten an Beethovens F-Dur Romanze, und im Nebenzimmer spielte ein Pianist ganz stumpfsinnig Klavier.

Um 16:30 kam die 17-jährige Antje O., die sehr hübsch ist, und immer so nett lacht. Bloß find ich ihren Ton, mit dem sie etwas steif einen Zwei- bis Dreizeiler zu interpretieren pflegt, so unerträglich seifig.

Um 17 Uhr begann der Unterricht mit der mittlerweile 18-jährigen Maike W.. Sie interpretierte die Corrente aus Bachs d-moll Partita.

Bis zur Gigue war sie schon vorgedrungen, und ein paar gesudelte Pfeile in Buzens Handschrift verrieten unbarmherzig, welchen Ton sie beim letzten Mal zu hoch oder zu tief gegriffen hatte.

„Gotte gerecht!" dachte ich dann im Sinne Buzens, als um 17:30 Mauritz Adam zur Tür hereintrat.

Der schlacksige 15-jährige spielte ein Werk von Arcangelo Corelli, und war gottlob *etwas* besser geworden.

Ich frug ihn diskret nach seinen Erhebungsgepflogenheiten am Morgen aus.

Ob er liebevoll von seiner Mutti mit einem Kuß oder roh vom Wecker geweckt würde?

Schon von der Mutti, allerdings mehr sachlich eilig – ein Zwischending aus beidem sozusagen.

An einer Stelle wollte ich ihm einen kleinen musikalischen Scherz beibringen.

Es sollte nach dem Triller so klingen, als sei das Werk zuende, und dann käm doch noch ein kleiner, zarter musikalischer Nachsatz, der die Hörer überrascht oder gar verblüfft, - und der kleine Mauritz lächelte mild nach Art eines stillen Heimkindes, dem man eine Nettigkeit sagt.

Es war dunkel geworden. Der Tag war gelaufen. Zunächst relaxierte ich mich im „Combi":

Extra wegen einem Interview mit der „Strabs-Babs" erschien die BUNTE zwei Tage früher als sonst, und dabei gab´s nur Allgemeinplätze zu lesen, denn wenn´s spannend und interessant hätte werden können, pflegte die Babs der natürlichen Neugier von Reportern und Lesern in distanziert-neutralen Worten einen Riegel vorzuschieben:
„Darüber möchte ich nicht sprechen!" z.B. (Über die Sache in der Besenkammer, die doch wohl wirklich von erhöhtem Interesse wäre!)

Im Auto fiel mir eine etwas einfachere Quizfrage für Christophs Klassik-Sendung ein: „Wie heißt die Frau in Udo Jürgens Welthit „aber bitte mit Sahne", die als letzte vom Tod abgesahnt wurde? (Liliane)
(Die hieß aus jenem Grunde so, weil sie sich auf Sahne zu reimen hatte.)

Außerdem weiß ich seit heute, warum Frau Meyer Brustkrebs bekommen hat:
Weil ihre Tochter, die einen so netten Freund hatte, der sie wirklich liebte, und der von Frau Meyer schon als Traumschwiegersohn ins Herz geschlossen worden war, sich von einem verheirateten Ehemann schwängern ließ!
(Helke, heute 1 ½ Jahre jung.)
Frau Meyer sprach es sogar aus: „Meine Krankheit kommt nicht von ungefähr!"

Mit Buzen am Telefon verstand ich mich geradezu fantastisch.

Interessiert und doch *scheinbar* beiläufig erkundigte sich Buz nach der Post, und in der Tat lag ein Brief auf der Fußmatte im Windfang.

Buz hatte einen kleinen Liebesbrief bekommen:

Abs. Emma Paul, wer sonst? stand auf der Rückseite geheimnisvoll zu lesen und ich war beim Heimkommen aus Versehen draufgetreten, so daß ein häßlicher Schuhabdruck den schönen Brief auf dem cremeweißen Kuvert verunzierte.

Ich durfte ihn öffnen:

Von Linda R. war er verfasst!

Die Linda schrieb sich über ein Seitenthema in Glut, meinte jedoch etwas ganz anderes - über Buzens Nummernschild: „AUR - VP 639"

„Heißt das ‚Violinprofessor' oder ‚Volkspolizei'?" versuchte sie sich mit Originalität und Witz bei Buzen erotisch zu machen, weil´s ja heißt, Buz habe sich in Rehlein aufgrund ihres köstlich sprudelnden Geistes verliebt.

Sogar ein Luftballon war beigelegt. Ich blies ihn auf, und da konnte man sehen, daß die Linda „Linda, Deine erste Geige" draufgeschrieben hatte.

Gewagter wär´s natürlich gewesen, sie hätte ein buntes Kondom beigelegt, und beinah hätte ich´s Buzen auch so gesagt.

Mittwoch, 7. Februar

Nordisch-sonnig mit Wolkengebräu

Einmal rief mich Frau Münch an, und ich erfuhr, daß sie vielleicht eine Herzmuskelentzündung habe, so daß der Doktor zur absoluten Schonung riet.
Doch die positiv-rustikale Frau Münch ist absolut kein Schonungstyp. D.h. wenn sie sich schont, dann würde sie sich nur bei ihrer Behindertenbetreuung schonen – aber nicht beim Kulturmanagment.
Das fand ich sehr nett und freute mich darüber!

Etwas peinlich ist, daß der seriöse und etwas steife „Herr Schumann" aus der Sparkasse in Emden nun meine Ansage vom verlassenen Ehemann abbekommen hat: Auf Art von Frau Meyer, eines einfachen Gemütes mit dem Herz am rechten Fleck, sage ich dort rustikal mit starkem friesischem Akzent:
„Leider hat Frau König Ihren Mann wegen einem Älteren verlassen, und Herr König ist somit auch nicht zuhause! Wär ja auch schön doof…"
Herr Schumann wußte auch gar nicht, wie er auf die Aufforderung, ein paar aufmunternde Worte nach dem Piepston zu sagen, reagieren sollte, und sprach somit ganz förmlich „aus dem Anzug heraus" ein paar steife Worte.

Ich fuhr erst zum Klub und dann auf die Post.
Unterwegs mußte ich über die verrückte Linda R. nachdenken, und überlegte, ob uns aus dieser Ecke wohl eine Gefahr drohen könnte?
Erst am Abend las ich einen Satz auf ihrem Kärtchen, den ich wahrscheinlich unbewußt verdrängt hatte:
„...du spielst schließlich auch bei mir die erste Geige...o-la-la!" schrieb sie verrucht und verführerisch.
Wahrscheinlich läßt es der unbefriedigten Linda keine Ruhe, daß Buz schon so lange alleine ist, und sich womöglich mit allen möglichen Anderen trifft?
Vielleicht hat sie die Idee, dem Brief ein Kondom mit der Aufschrift „Linda, Deine erste Geige" beizulegen, aus jenem Grunde wieder fallen lassen, weil sie sich einen letzten großen Traum erfüllen möchte: „Ein Kind von Buzen!", und da wäre ein Kondom kontraproduktiv.
Ob sie wohl bald zu ihrem Großangriff übergeht?
Ewig kann man schließlich nicht warten...
Ich frug mich gar, *ob's vielleicht die Linda war, die mir damals den Tausend-Mark-Schein geschenkt hat?*
Den hat sie ihrem Hans-Jürgen womöglich einfach aus der Brieftasche gestohlen?

Dann fuhr ich zur Nachmittagsschicht in die Musikschule.

Zuerst mußte ich Babysitten, und quälte mich mit dem mittlerweile fast 10-jährigen, leicht retardierten Klavierschüler Sebastian A. herum.
Es schien mir so utopisch, wenigstens zwei normalklingende Takte von einem kleinen Lied zu hören. Ergeben saß ich die Zeit ab, da meine pädagogischen Bemühungen nichts fruchteten. Ein Gefühl, als wolle man einer Kuh auf der Weide ein Gedicht nahebringen.
Als nächstes hätte der neue Schüler, ein 12-jähriger Jüngling namens „Konz" kommen sollen, doch fröher noch als darüber, daß er nicht kam, wäre ich gewesen, wenn ich ihn kennengelernt hätte, weil ich sehr wunderfitzig bin, und sehen wollte wie er so ist? Nun aber präsentierte er sich mir in Form einer Lücke bzw. eines unsichtbaren Fragezeichens.

So trank ich in dieser halben Freistunde Tee aus der Thermoskanne und las „Dämon hinter Spitzenstores" bis der Florian kam (heute als Pianist), der immer noch in Band III der Schaum-Schule stak, und sich nicht im geringsten verbessert hat.
Er spielte einen Hit mit dem Titel „Samenflug".
Aktueller und politisch brisanter wär´s natürlich gewesen, er hieße „Samenraub". Doch damals als der Hit komponiert worden ist, wußte man ja noch nicht, daß etwas derartiges ausgerechnet unserem Boris passieren würde!

Dann freute ich mich noch ein bißchen, daß die Foolke vielleicht nicht kommt und hoffte, ich hätte vielleicht schon Feierabend?

Im Foyer brach eine wüste Prügelei zwischen zwei Geschwistern aus: Einem Jungen und einem Mädchen, dem ein paar Milchzähne ausgegangen waren.

Sie traten wüst aufeinander ein, und das kleine Mädchen heulte laut auf...

Ich hatte mich ein wenig zu früh gefreut, denn es schoben dann doch noch zwei Schüler nach, und als ich endlich Feierabend machen durfte, war es schon dunkel!

Zuerst wies mich Frau Rademacher auf den neuen Schüler „Konz" hin, der, wenn auch verspätet, so doch erschienen war.

Ganz brav saß er im Foyer, las in einem Heldenbuch, und wartete darauf, aufgerufen zu werden. Freundlich und voller Kennenlernungsfreude wunk ich ihn herbei.

Dicht an die Heizung geschmiegt folgte er aufmerksam und engagiert meinen guten Lehren.

Das Dumme an Buzens Violinschülern ist, daß sie alle gar keine Noten besitzen, geschweige denn dabeihaben, sondern immer bloß kleine Zettel, auf welchen ihnen der süße Buz die Fingersätze von Hänschen-Klein oder Allen-meinen-Entchen in ihrer reinen Form niedergeschrieben hat, und wüßte man nicht, daß dies zwei Lieder sein sollen, so könnte man die Nummern auch als Telefonnummer benützen: 422 311 0123444.

Einmal wollte mir der kleine Junge zeigen, wie er am Klavier mit beiden Händen „alle meine Entchen" spielen kann.

Er tat so, als sei das eine Leistung, und dabei ist das doch bloß Babykram! Allerdings habe ich meine Ansprüche an die Jugend bereits auf 0,0 hinabgeschraubt, und von dieser Warte aus war´s ja nun wirklich grandios.

Interessiert frug ich mich, wie´s wohl vor 50 Jahren ausgesehen haben mag, als der fast 12-jährige Buz in die Violinstunde kam, und ob das vielleicht auch irgendwo in einem Tagebuch beschrieben steht?

Beim Zeitungslesen fiel mir noch ein zweiter potenzieller Wunsch ein, den man im Falle von drei Wünschen aufsagen könnte:

Ich könnte mir wünschen, daß ich viel mehr empfände, wenn ich die Zeitung läse.

Man sollte beispielsweise nicht so gleichmütig über den Mord an einem jungen Türken lesen, denn wenn´s so weitergeht mit der Abstumpfung der Empfindungen, dann könnte es passieren, daß man eines Tages aus einem Werk Beethovens nur noch Tonleitern und Dreiklänge heraushört.

Als es schon fast dunkel war, kam eine neue Schülerin mit ihrem Papa:

Die 11-jährige Hanna, ein süßes kleines Mädchen mit langem blonden Haar und einem vollen Gesicht, leuchtend wie die Sonne.

Ich war gleich sehr nett, und beim Lichtanknipsen sagte ich zu dem Herrn, untypisch für eine reife Violinlehrerin: „…oder ist Ihnen das zu schade wegen dem Zauber der Dämmerstunde?"

Ich hielt eine Art Schnellkurs im Violinspiel ab, der auf die Interpretation von allen meinen Entchen hinzielte.

Zum Schluß erfuhr ich bestürzt, daß Herr König der Kleinen auf den ersten Blick zu streng und poltrig erschienen war. Ich mußte dabei direkt an das junge Rehlein denken, das einst voller Vorfreude und Lerneifer in die Violinstunde strebte. Und nun hat Buz so einen Eindruck hinterlassen?

Und somit schien der Unterricht schon an der Wurzel ganz verdorben, weil der Lehrer gerade auf der B-Seite stak.

Vom Musikschulleiter Seibold lag ein leicht unwirscher Brief herum:

"…aus bestehendem Anlaß heraus möchte ich noch einmal auf die Wichtigkeit der Anwesenheitslisten hinweisen." Buz hatte mit den Anwesenheitslisten einfach Lotto gespielt, statt gewissenhaft zu notieren, wer wann und wie entschuldigt (e) oder unentschuldigte (u) gefehlt hat, und dann mußte man mit dem gestrengen Schülervater Herrn Heinemeyer abrechnen, was äußerst peinlich gewesen sei!

Ich heftete den Brief auf jene kahle Stelle an die Wand, wo früher die Uhr hing, die immer Uhrzeiten anzuzeigen pflegte, die es gar nicht gab, und gerad in diesem Moment fegte Mutti Heeren, eine Schülermutti, wie ein Wirbelwind herein, um sich für Rehleins Rundbrief zu bedanken, der so toll sei!

Wie man weiß, fällt mir der Bettgang oft schwer, denn wenn ich mich müd geübt, und entschlossen habe, endlich zu Bett zu gehen, fällt mir daltonartig noch tausenderlei ein, so daß es immer ungefähr eine Stunde dauert, bis ich endlich drinliege und entspannt abschalten kann.

Donnerstag, 8. Februar

Grau und regnerisch

Gestern hörte ich im Fernsehen noch das Unglaubliche: „Ja! Er war´s!"
Na wer, das ist unschwer zu erraten:
Boris Becker, der gesagt habe, er könne nur Jungs, hat die kleine Anna gezeugt.
Doch der Boris, der ja die frische neue Generation verkörpert, bestreitet´s nicht, und möchte alles in seiner Macht stehende tun, damit die Anna ein glücklicher Mensch wird,- so wie Ming an seiner Stelle vielleicht auch reagiert hätte?

Diese Worte, die den Zeitungen ein bißchen den Wind aus den Segeln nahmen, verwoben sich in meine Träume.

Was könnte man nach den heutigen Schlagzeilen noch groß darüber schreiben?

Lustig wäre natürlich, wenn ein Gentest zeigen würde, daß die Anna das einzige Kind von Boris Becker ist, und vielleicht trägt sie ja Erbmoleküle von Boris´ verstorbenem Vater Karl-Heinz in sich?

Nach dem Frühstück suchte ich in trostloser Wetterlage das Büro von unserem Freund Heiko auf.

Dort angekommen erfuhr ich, daß ich Frau Münch soeben verpasst habe.

„Wie ging´s ihr denn?" frug ich anteilnehmend über die gesundheitlich Lädierte, die sich wie ein Gespenst mit gespielter Rustikalität durchs Leben bewegt, und vielleicht schon bald unter der Erde liegt? Doch vielleicht will sie, die ja geschieden und allein ist, sich für den Joachim und mich noch ganz schnell unentbehrlich machen?

„Nicht gut!" sagte der Heiko.

Wieder daheim:

Im Fernsehen ging´s immer nur um die Verleihung der goldenen Kamera, und ich fand´s ein bißchen langweilig.

Immer nur Promis, die vorgestanzte Dankesworte von sich gaben. Doch der Glitzerwelt scheint´s zu gefallen.

Nach einer Weile klingelte Frau Münch, die sich rührend dafür einsetzt, daß für das Konzert in Holtrop auch genügend Plakate kleben. Frau Münch ging's ganz schlecht, sie mochte sich nicht einmal hinsetzen, so daß wir nur im Stehen miteinander plauderten.
Dann war auch sie wieder weg.

Mittags um zwei ging meine selbstaufgebrummte Schicht weiter: Briefeschreiben. Ich schrieb den Brief an Rehlein zuende, und meine Briefschreibechemie war etwas besser geworden. Mir fiel nämlich etwas Lustiges und Treffendes ein: Angesichts dessen, daß ich schon wieder Buzens Schüler übernommen habe, würde ich mich so fühlen, als wäre ich wieder an der selben Stelle angelangt, an welcher ich schon mal stand. Bildlich gesprochen würde ich mich so fühlen wie ein Autofahrer, der nach Osnabrück fahren möchte.
Das Schild „Osnabrück 54 km" löst einen ärmelzurückkremplerischen Schwung aus. „Pack mrs!" denkt man auf fränkisch. Doch dann fährt man, **fährt** und **fährt** und fährt und fährt (ich schrieb's ganz oft, und meine Schrift wurde dabei immer kleiner, so, wie's auch hier zu sehen ist)... und dann kommt schon wieder ein Schild mit der Aufschrift „Osnabrück 54 km". Es sei, so ich, als sei die Nadel des Grammophons, auf welchem das Lied

des Lebens abgespielt wird, defekt und würde immer an die gleiche Stelle zurückhopsen.
Am Nachmittag brachte ich den fertiggewordenen Brief auf die Post.
Es nieselte, und eigentlich kann man so einen Trip nicht als Freizeit betrachten.
Im Bioladen wurde ich ganz verdrossen, weil das einzige Plakat von mir verschwunden war.
Potenzielle Konzertgänger denken nun: „Ach herrje! Nun haben wir´s verpasst!"
So war ich beim Kaufen ganz unglücklich, und sprach die Frau darauf an.
Der halbbeglatzte Verkäufer „Herr Kutschker" rief von oben etwas halbseiden herab, es sei eingerupft gewesen.
Ich war allerdings gescheit, und holte denen das Plakat aus der düstern Bar von gegenüber, wo man es auch nicht aufgehängt hatte.
Ebenso wenig wie in der Apotheke nebenan, wo ich mich auch beschwerte.
Doch dort hatte es die dumme Putzfrau als Altpapier entsorgt.

Zum Mittagessen loste ich mir ein Käsebrot aus.
In „Brisant" stellte man einen äußerst rüstigen 102-jährigen Herrn vor, der sehr ordentlich veranlagt ist, wie man bereits an seinem Scheitel sehen konnte, der wie mit dem Lineal gezogen schien.
Erwin Binnert der Name – nich wa?

Wenn er sein Heim schön geputzt und gesaugt hat, dann fährt er mit der Trambahn in die Stadt und setzt sich in sein Lieblingscafé. Natürlich schaut er auch mal nach den Frauen, doch realistisch meinte er, es habe keinen Zweck für ihn, sich eine ältere Frau zu suchen, weil ältere Frauen immer nur über ihre Krankheiten reden, und das sei 1.) langweilig und 2.) uninteressant.

Zum Abendessen loste ich mir ein bleiches Müsli aus.

Freitag, 9. Februar

Zunächst ein bißl sonnig, dann herbe, dunkelgraue Wolken brachen sich Bahn, und als ich am Nachmittag im Bioladen einkaufte, regnete es barsch auf

Ich freute mich auf meine Frühstückspause um zwanzig nach neun vor.
Doch bis dahin galt´s noch zwei 45-minütige Übhürden zu nehmen, und wenn um 7 Uhr 43 der Wecker unerbittlich mein kleines Teepicknick am Fenstersims abwürgt, so ist das nicht so lustig.

Am Vormittag verpackte ich die Nakariakow-CD, denn Herr Schumann von der Emder Kreissparkasse, der peinlicherweise schon mehrfach unsere wunderlichen Worte auf dem Anrufbeantworter abbekommen hat, habe nur eine leere Hülle vorgefunden.

Unfaßbar wär´s jetzt natürlich, wenn die CD schon wieder nicht drin wär, oder aber eine böse Sekretärin wie Linda R. sie einfach geraubt hätte?

Ich schrieb ein kleines Zettelchen dazu, und fühlte mich dabei wie Arthur Jones.

„Bitte entschuldigen Sie das im Grunde Unentschuldbare!" schrieb ich leicht pathetisch.

Eine Bekanntschaft, die im Keim verdorben ist.

Dann machte ich mich auf den Weg ins Fitnesstudio und vermisste meine Udo Jürgens-Songs, denn dort, wo früher das Radio stak, befindet sich nur noch eine klaffende Wunde in meinem Auto.

Und hat der junge Mann in der Werkstatt das Radio nicht viel zu rasch an sich genommen?

Auf der Leerer Landstraße hupte jemand verärgert auf, und später begleitete mich das Gefühl, ich hätte vielleicht einen Platten?

Ähnlich säh´s dem Schicksal, denn ständig ist irgendetwas kaputt. Doch man muß ja das Positive sehen, und somit listete ich innerlich alle Ärgerlichkeiten auf, die *hätten* passieren *können*.

Verbotenerweise parkte ich am „Piquerhof" und hatte hernach das Gefühl, *die Handbremse nicht gescheit angezogen zu haben, so daß das Auto vielleicht rückwärts auf die Straße rollt und großes Unheil anrichtet?*

Ich wagte gar nicht, mich umzudrehen, aber als ich dann in der Post verschwunden war glaubte ich,

mich durch das dicke Postgemäuer etwas von dieser Ärgerlichkeit da draußen distanziert zu haben.
Bei Möbel Jacobs parkte ich wenig später auch an verbotener Stelle, was ja wiederum eine Abschleppung zur Folge *hätte* haben können.
So fühlte ich mich relativ froh, von all diesen potenziellen Ärgerlichkeiten verschont geblieben zu sein.
Daheim allerdings war ich hochverdrossen, weil mir schon wieder niemand geschrieben hat. Vorsorglich hatte ich mir allerdings vorgenommen, gar nichts zu erwarten.

Ich kochte und merkte dabei, daß die Zeit rinnt und rinnt.
Ein Kriminalfall in Deutschland ist derzeit relativ packend:
Schon gestern wurde über das Verschwinden der 10-jährigen Stephanie aus Nordholz im Kreis Cuxhaven berichtet. Der alleinerziehende Vater kam mir seltsam gefasst und kaltblütig vor.
Vor zirka einem Monat hatte er einen Arbeitskollegen angezeigt, der sich seiner Tochter unsittlich genähert haben soll, und genau dieser Mensch ist ebenfalls verschwunden.
Doch nach nur einem Tag (heut) hieß es, die 10-jährige sei tatsächlich mit dem 24-jährigen nach Frankreich durchgebrannt. Diese Idee stammte allerdings von *ihr*, und allen Unkenrufen zum Trotz sei es beidseitig die wahre Liebe, die es nur einmal im Leben gibt, und die nicht nach Alter fragt!

Die Polizei glaubt, daß es der Vater selber war, der seiner eigenen, knospenden Tochter nachstellte, und daß er den Arbeitskollegen angezeigt hat, war im Grunde üble Nachrede und eine echte Unverschämtheit!

In mir war die Idee aufgekeimt, Frau Theda Adam einen Kuchen zu backen, und den nachts vor ihre Türe zu stellen.
Zuerst kam mir die Idee lachhaft vor, doch dann nahm sie in meinem Hirngewebe immer konkretere Formen an: „Sonst tu ich doch immer nur das Gleiche!" dachte ich lachend, und so kaufte ich für eine Möhrentorte ein.
Einen braunen Riesen würde ich mir das schon kosten lassen, sinnierte ich, und kaufte ganz viele Zutaten.
Ich stellte mir vor, *wie Herr Adam vielleicht tobt, und den Kuchen sofort wegwirft, wie's dann aber blöd wär: Frau Adam kann es nicht fassen, daß ihr Mann den schönen Kuchen weggeworfen hat, und was er für ein Arsch ist!*
Plötzlich sieht sie ihn mit anderen Augen, und Herr Adam bereut's auch, grad _weil_ er jetzt von Seiten seiner Frau mit anderen Augen angesehen wird!
Oder aber Herr Adam ist ganz gerührt, und schmeißt den Kuchen nicht weg...
Jetzt denke ich schon wie Arthur Jones, als er seinen dämlichen Entschuldigungsbrief an Anthony Jones schrieb, dessen Brief er irrtümlich geöffnet hat, da darauf bloß „A. Jones" stand?!

Auf jeden Fall aber kommt Bewegung in den „Fall Adam", und ich warte doch schon die ganze Zeit drauf, daß in meinem Leben endlich wieder mal etwas Bewegendes passiert!

Herr Adam, ein leidenschaftlicher Tonmeister, der uns so viel geholfen und so viel bedeutet hat, hatte den Kontakt zu uns Musikern rigoros abgebrochen, da ihm ein paar saublöde und sich wichtig bedünkende Musiker im „Musikalischen Sommer" blöd gekommen waren…solchermaßen gekränkt warf er alle Musiker in einen Sack, schnürte ihn zu, und warf ihn in einen Tümpel.

So buk ich – doch ich hatte es geahnt:
Daß einem die Backerei die letzte Kraft raubt, und so viel Zeit stiehlt!
Allein das Mandelauspuhlen dauerte mehr als 20 Minuten.

Zur Dämmerstunde klingelte auch noch der Tone an der Türe.
Der Tone machte es sich bei mir gemütlich, saß so rum und studierte sein Horoskop in der HÖRZU.
Wieder steht der arme Tone kurz davor, einen Zahn zu verlieren. (Einen unteren – Wurzelbehandlung.)
Dann ging er wieder.

Nun war der Kuchen fertig, der Tone war gegangen, und mir stellte sich ein neues Problem: „Wie soll ich das Backwerk gescheit verpacken?"
Das schöne, für einen Autofahrer wie geschaffene herbe Autofahrerwetter war der Dunkelheit gewichen, und ich überlegte dauernd herum.

Blöd wär natürlich, wenn das Päckchen über Nacht bei gischtendem Regen vor dem Hause stünde.

Ähnelnd Arthur Jones fertigte ich drei Briefentwürfe an Frau Adam an. Ein bißchen ist's oder war's ja schon so: Ich schreibe Frau Adam, meine jedoch HERRN Adam. Doch ich besann mich drauf, daß Frau Adam an ihrem 37. Geburtstag nur fröhlich sein solle, und beließ es somit bei ein paar unverfänglichen Zeilen.

Dann rief ich kurz und anonym bei Adams an, um zu schauen, ob die wohl überhaupt noch leben? Herr Adam selber hob ab: „Ja, hallo?" - klang jedoch mürrisch und kränklich. Ich legte schnell wieder auf.

Samstag, 10. Februar

Sonnig. Amerikanisches Vorortwetter

Der einsame Morgen war noch immer in Nachtesschwärze gehüllt, als ich das Haus verließ.

Mit meinem Kuchen fühlte ich mich ein bißchen wie eine Mutti, die ihr Baby auszusetzen gedenkt.

Das Baby schreit nervtötend, und sie beruhigt sich mit dem Gedanken, daß sie's ja nun bald nicht mehr schreien hören muß.

Es erinnerte aber auch an Arthur Jones, der Leichenteile beseitigen muß.

Die Scheiben an Buzens Auto waren ganz weiß gefroren, und als ich warmes Wasser drüber goß, wurden sie nach einer Weile noch weißer!

Es dauerte lang, bis ich endlich losrollte, und trotz aller Bemühungen sah ich sehr schlecht durch die notdürftig freigeschabten Scheiben auf denen sich erneut Eiskristalle zu bilden drohten.

Ich hatte ein wenig drauf gebaut, daß um diese Zeit niemand unterwegs sei, doch ständig leuchteten vereinzelte Autos auf, und so war ich gezwungen, vor der Villa von Herrn Schüt nochmals bei laufendem Gebläse drauf zu schaun, ob´s wohl bald besser wird mit der Auftauerei?

Dann ärgerte ich mich leicht, als man im Radio mitanhören mußte, daß schon 6 Uhr sei. Das fehlte grade noch, daß ich mit Herrn Adam auf dem Weg zur Arbeit kollidiere!

Einmal fuhr ich durch eine dichte Nebelbank, so daß man praktisch gar nichts sah!

Ich kämpfte mit dem Gedanken, daß sich durch meine Wasserschütterei an jener Stelle gegenüber vom Hause des Maulkorbbärtigen Glatteis gebildet haben könnte, und durch mich nun der erste Seniorenoberschenkelhalsbruch zu beklagen sei?

Schließlich stellte ich das Päckchen vor Adams Türe ab.

Das Treppenhaus war erleuchtet, und am Briefkasten stand unmißverständlich „ADAM".

(Erst am Abend dachte ich mir zu all meinen Ausdenkungen noch hinzu, *daß Frau Adam ihren Mann vielleicht schon verlassen hat, und Herr Adam sich am Telefon wohl deshalb so kränklich und mürrisch angehört hat? Und nun glaubt er am Ende gar, der gestrige anonyme Anruf sei von seiner Frau gekommen?*)
Doch zunächst fühlte ich mich froh und leicht.

Das erste zarte Blau bedeckte den Himmel als ich, ähnelnd einem Verbrecher nach einer erfolgreichen Leichenbeseitigung, versuchte mich so rasch wie möglich vom Beseitigungsort zu entfernen. Das Auto bockte ein wenig, doch es lag daran, daß ich vergessen hatte, die Handbremse zu lösen.
Ich war froh, daß ich das, was ich mir so ausgedacht hab, auch durchgeführt hab, und fuhr zufrieden nach Hause.

Mittags ging ich ins Zentralcafé.
Zu Beginn befand sich ein Seniorinnenstammtisch (so wie im Hit vom Udo Jürgens) im Raum, und Klothilde, Marie und Liliaaaane quasselten gerade darüber, daß der Toni Marschall so viele Haare auf dem Kopf trägt.
„Aber der trägt doch ein Haarteil!" hätte ich auf Insider-Art einwerfen können.
„Tatsächlich?" würde eine der Seniorinnen interessiert fragen, und schon wäre ich eine der Ihren gewesen.
Ich bestellte mir zwei Brötchenhälften und Tee.

In einem Journal sah man die Straps-Babs auf einem Sofa in Fisher-Island sitzen, und mich wehte stellvertretend für sie ein schales Deprimanzgefühl an, daß man zwar alles hat, aber nicht weiß, was man machen soll?

Wieder daheim. Beim Üben am Fenster:
Man konnte sehen, wie die Ina im Auto anrollte und mit einem züchtig zusammengebundenen Pferdeschwanz und in Reitstiefeln ins Haus lief, um nach einer Weile mit offenem Haar und Pumps wieder zum Auto zu streben.
„Für wen trägt sie jetzt ihre Haare offen?!" frug ich mich nach Art einer Seniorin, während meine Finger unverdrossen ihre Wurschtlarbeit auf der Geige verrichteten. Man sah die Silhouette der Frau Bildschirmschonerin am Fenster schimmern, und auf mich hatte sie die Ausstrahlung, als sei alles erledigt. Man wisse beim besten Willen nicht, was man jetzt noch tun solle?
Ich selber schickte mich um 15:19 zum Gang ins Fitnesstudio an.
Dort roch´s heut so entsetzlich nach kaltem Schweißfuß. Rehlein wäre rücklings wieder hinausgestoben.
Manchen Damen im Fitnesstudio habe ich einen Namen gegeben, weil es sich dabei um Variationen von anderen Frauen handelt, die ich schon kenne.

Man fasst´s nicht!

Die Ina scheint einen Neuen zu haben, mit dem sie am Samstagabend die Disco unsicher macht (um Worte von Ute M. zu bemühen). Sie küssten sich (noch) diskret, wobei die Zündung von der Ina ausging, weil sie sich weiß machen will, daß das Kapitel mit dem Liebhaber nun endgültig der Vergangenheit angehört und für immer abgeschlossen ist.

Ich nannte den Neuen an ihrer Seite „Matthias", weil er so ausschaut, als müsse er so heißen.

Dann rief Frau Adam an, und war so warm.
Mein Kuchen sei der Hit des Tages gewesen!
So hüpfte ich freudig herum, und erzählte Rehlein und Buzen je freudig am Telefon von meiner guten Tat, obwohl ich zunächst bei Rehlein skeptisch war, und den „wissenden Belag" auf ihrer Stimme, der alle negativen Eventualitäten in Betracht zieht, fürchtete.

Sonntag, 11. Februar

Trübe. Eher unschön. Feucht und grau

Heut schlief ich so lange, wie schon lange nicht mehr.
Es fühlte sich an, als liefe man auf jenem Spazierweg, den man sonst immer absolviert erstmals ein kleines Eck weiter, um zu schaun, wie´s dann aussähe?

Draußen regnete es, und der heutige Sonntag war mir sehr kostbar, weil ich am Dienstag schon wieder so quasi den ganzen Tag unterrichten muß, und es nicht fassen kann, schon wieder vor einer derart steinigen und hürdeligen Lebenspfadausbuchtung zu stehen!

Ein Spiraleffekt, von welchem die meisten Schüler, viele Lehrer, Lehrbeauftragte und Professoren ein Lied singen können, und den ich in einem Brief an den Opa einst beschrieben habe, zog somit auch bei mir ein:

Am liebsten würde man sich bereits vor dem morgigen Montag ducken, der ja direkt in diesen quälenden Unterrichtstag hineinmünden soll. Und denke ich an den Montag, vor dem ich mich am liebsten ducken würde, so ist mir ja eigentlich auch der Sonntag, der seines Zeichens direkt hineinmündet ebenfalls verdorben, und auch am gestrigen Samstag habe ich mich eigentlich schon unerbittlich auf den verdorbenen Sonntag zubewegt...

Zur Zeit liegt der orangefarbene Luftballon von Linda R. bei uns herum, und so erzählte ich der Oma am Telefon vom Liebesbrief, den Buz bekommen habe.

Da trat wieder Leben in die alte Dame, weil es ein bannendes Thema ist. „Augenblick!" sagte sie gespannt und interessiert, weil sie erst die Frau Kionczyk verabschieden mußte, und hernach führten wir ein so warmes und schönes Telefonat...

Am Fenster in meinem Zimmer stehend übte ich mein Holtroper-Programm. Ich feilte herum, repetierte unzählige Male, und übrig blieb lediglich das Gefühl, daß ich es *noch* öfter repetieren sollte.
Hernach telefonierte ich mit Herrn Gaßmann und sah, wie die Stephanie in eines der drei identisch ausschauenden Autos stieg.
„Da geht ja alles drunter und drüber!" dachte ich entrüstet nach Seniorenart.

Die Bild-Zeitung las ich heute auch, da es hieß, „Mutter Elvira bräche ihr Schweigen" und die Neue an der Seite vom Boris möchte sie gar nicht erst kennenlernen!

Ich lief durch die Glupe und schickte wehmütige Gedanken zu Frau Tosch ins Paradies, da man´s auch nach 17 Jahre noch immer nicht fassen kann, daß sie nicht mehr da ist!
Dort sprach mich ein einsamer Opa an.
Er wollte wissen ob ich spazieren geh´, und ob ich von hier sei??
„Nie gesehen!" sagte er zwiefach fassungslos. Dann fragte er mich, was ich mache? „Ich spiele Geige!" sagte ich, und versuchte wenigstens ein klein bißchen unterhaltsam zu sein, obwohl der dumpf-humorfrei wirkende alte Herr mit den ausgeprägten Tränensäcken keinen erhöhten Mitteilungsschwung in mir

auslöste. Er erzählte gleich, daß er Mundharmonika bläst, und daß wir zusammen spielen müssten!

„Höhö!" machte ich, so wie Benni Schmidt neulich zu Mings Ansinnen, mal etwas gemeinsam zu spielen, und suchte rasch das Weite, so daß der arme alte Herr jetzt leider noch einsamer ist. Doch ich nahm die Gedanken an ihn mit nach Hause.

Abends telefonierte ich mit dem süßen Ming.
Ming war sehr warm.
In Amerika habe er natürlich die Linda getroffen, denn nur ihretwegen sei er dort hingereist. Sie sei „ganz nett" gewesen, aber eben „die amerikanische Linda" (beklemmend fremd). Von ihrem Freund Jim hat sie bereits einige Eigenheiten übernommen. Z.B. seine Art, die Lippen zu schürzen.
Ab morgen drückt der müde Ming wieder die Schulbank in Wien.

Montag, 12. Februar

Abscheulich trübe. Nässend und nieselnd

Im Autoradio hörte man Gehacktes auf dem Cembalo. Es höre sich an, als wolle der Cembalist seinen Wangenspeck mit jedem Akkord entrüstet aufzittern lassen.
Hernach hörte ich mir die Montagspredigt an:

Eine in Klerikalsud getunkte Variation von Udo Jürgens´ Hit: „Und immer, immer wieder geht die Sonne auf..“

Ich fuhr nach Leer um Thomas Hummel abzuholen, doch leider war die Zeit auf dem Bahnhof so knapp. Noch knapper war allerdings der pompös aufgeblasene Inhalt der Bild-Zeitung, der beim Lesen wie ein Soufflée in sich zusammenfiel: Demnach wird's für den Boris nun auch finanziell enge: 30 Millionen für die Babs, 10 Millionen für die Besenkammernummer, und nun spitzt das schamlose Finanzamt mit seiner beamtlichen Unerbittlichkeit auf 50 Millionen!
Zwar habe der Boris schon 344 Millionen angehäuft, doch an diesem Beispiel sieht man, wie schnell so eine Summe auch wieder zum schmelzen gebracht werden kann.

Durch das Fenster im Bahnhofscafé das auf die Bahnsteige führt, sah ich bereits den Thomas aufleuchten.
Der Thomas war sehr nett und aufgeräumt, freute sich, daß ich ihn abgeholt hab´, und übernahm wie selbstverständlich das Steuer im Auto, weil´s ein sog. Powertypus ist, der vorwärts strebt.
Ich hätte so gern zum Thomas gesagt:
„Darf ich Dich „Schatz" nennen, wenn Deine Frau nicht hinhört?" Doch ich traute mich nicht.

Am frühen Abend holte ich den Thomas wieder aus der „Ostfriesischen Landschaft" ab.

Obwohl ich dem Thomas so eindringlich erzählt hatte, daß Buz schon so viele Strafpunkte in Flensburg hat, daß ihm der Führerschein lose wie ein paradontitischer Zahn in der Tasche sitzt, scherte sich der Thomas in Buzens Limousine nicht weiter um die Verkehrsregeln.

An einer Stelle in der 30 km-Zone nahm er jemandem dreist die Vorfahrt, und murmelte nur auf lockere Manager-Art: „Sorry!"

Dann telefonierte er auch noch für 420 Mark mit dem Händi, was ja seit dem 1.2. strafbar ist (60 Mark pro Telefonat), und nicht genug damit: Sogar beim Fahren schaute er seine Akten durch!

In Leer hätte mich der Thomas noch gerne zu einem kleinen Kaffee eingeladen, doch die Zeit war schon so zusammengeschnurrt, daß man dies leider auf „irgendwann" oder auch nirgendwann verschieben mußte.

Wir sputeten uns ins Bahnhofsgebäude, und während der Thomas sich am Automaten eine Fahrkarte zapfte, lugte ich neugierig in den neuen Fotomaton hinein.

Dreimal sagte eine Computerstimme sachlich streng: „Werfen Sie bitte den passenden Betrag ein!" und es wirkte so, als würde es jedesmal eine Spur mahnender ausgesprochen.

Ein älterer friesischer Penner pumpte den Thomas um 60 Pfennige an, und da der Thomas ein sozial engagierter Mensch ist, sagte er:
„Wenn Sie mir versprechen würden, die nicht in Alkohol und Zigaretten zu investieren, dann würde ich mit mir reden lassen…"
„In Ordnung!" sagte der Penner knapp und entfernte sich, weil es eben ein Ehrenmann ist, der die Lüge verabscheut.

Die rasende Eisenbahn, nur knapp und schnaufend innehaltend, sog den Reisenden aus meinem Leben, und ich war wieder allein.
Leider fiel mir nichts Besseres ein, als wieder heim zu fahren.
Es regnete, und abends mußte ich so unglaublich über den Abspann meiner derzeitigen Telefonansage lachen, die leider kaum je gehört wird, da sich die Anrufer in aller Regel knapp halten:
Auf eine sensible, an Herrn Bloser erinnernde „erstaunte" ernsten Art sage ich auf schwäbisch:
"Genug gesprochen. Hätten Sie sich etwas kürzer gehalten, so wären ihre Worte noch gehört worden. So aber…"und dann wird mir schon selber das Wort mit einem Pfeifton abgeschnürt.

Ich freute mich, daß Rehlein die kleine Rosalie, welche von der Petra nicht süß gefunden wird, süß findet.

Mit dem interessierten, aber noch müden Ming sprach ich auch.
Ming lachte auch über meinen Ansageabspann von dem ich ja zunächst gar nicht gemerkt habe, wie witzig er ist.

Im Musikzimmer lief jenes Brahms-Intermezzo, das für mich untrennbar mit dem Namen eines Paul Dan verknüpft ist.
Tönt es auf, so bin ich wieder in Japan, und schaue durch's Fenster von hinten auf den temperamentvoll aufdreschenden Paul Dan mit seinen nikotingelben Fingern und der Krönchenfrisur drauf.

Dienstag, 13. Februar

Mild sonnig (friesisch/belgisch getönt)

Am Morgen erhob ich mich in einen Tag hinein, vor dem ich mich schon ein wenig geduckt hatte.
Ich mußte nämlich wieder die größtenteils erbärmlichen Schüler unterrichten, und nur auf den Wurmfortsatz des Tages freute ich mich: Um 23 Uhr 10 sollte ich den süßen Buz in Bremen abholen!
Eigentlich hatte ich mich in der Nacht schon darauf vorgefreut, daß ich das Leben jetzt genußvoller angehen könne, denn die Dienstagvormittage konnte ich bislang kaum genießen.

Ich fühle den Unterrichtsnachmittag auf mich zurollen, und bis dahin scheint mir die knapp bemessene Zeit des „Davor´s" zusätzlich wie mit dem Schraubstock komprimiert.

Im Klub:
Auch heute turnte die ganz Dicke („das Walross") mit ihrem winzigen Füßchen unter dem massigen Korpus, und leider mußte konstatiert werden, daß sie kein bißchen schlanker geworden war.

Eine freundliche Dame sprach mich bewundernd an.
„*Sie* sind ja trainiert!" sagte sie anerkennend.
Ein Kompliment, von dem ich´s nie für möglich gehalten hätte, daß es in diesem Leben mal auf *mich* gemünzt wird. Ich und trainiert?? Da lacht man doch!

Daheim war es mir nicht so ganz recht, daß Frau Meyer ausgerechnet heut´ eine Frühjahrsputzstimmung in unserem Heim verbreitete, wo ich mich doch vor dem Bildschirm von der Unterrichterei am Nachmittag vorerholen wollte.
Später wurde ich ganz rasend, weil irgendein Zettel für unsere neue grüne Mülltonne, der immer auf dem Fernseher lag, verschwunden war.
Doch ich hatte ihn gestern an die Pinnwand geheftet, damit alles noch ordentlicher und übersichtlicher sei, bloß daß ich´s doch gar nicht gewöhnt bin, auf die Pinnwand zu schaun! Dort hing der Zettel inmitten

lauter abgelaufener Zettelleichen – und ich hatte schon „den großen Unbekannten" verdächtigt, ihn im Altpapier entsorgt zu haben!

Mürrisch machte ich mich zur Mittagsstund´ zu meinem sauren Dienst auf.
Dummerweise herrscht Schnupfenzeit, und Jasper U. und Andreas H., auch wenn´s frische Jünglinge sind, klebte je etwas Uhu oder Schnupfsud im Nasenloch, so daß man gar nicht hinschaun mochte, während man sie pädagogisch befummelte!
Schon bei Jasper U. hatte ich das Gefühl, mein Pädagogenblutdruck stünde bei 0:00 zu 0:00. Ich versuchte zwar nett und lebhaft zu scheinen, doch innerlich war ich verzweifelt.
14:30 – 15:00: Florian H.
(Heute als Geiger.)
Wir spielten ein Duett von Händel.
Kurz vor drei stürmte der kleine Christoph das Zimmer, und ich erzählte den Buben von „Einem den ich kenne", bei dem nur Nase und Füße in die Länge gewachsen seien, und zeichnete ihn so künstlerisch wie ich nur konnte auf ein Blatt Papier. Die Buben schauten interessiert auf meine Zeichnung drauf, und konnten es kaum fassen!
„Dann hat ihm ein lieber Freund ein Nasenfuteral geschenkt, worauf ein Herzchen gestickt war!" spann ich die Geschichte noch ein wenig weiter, und zeichnete auch noch auf, wie er *dann* ausgesehen habe.

Dadurch, daß ich eine Erwachsene bin, glaubten mir die Buben ein bißchen.

Der Florian empfahl sich, und ich war mit dem kleinen Christoph allein.
Quälend dilettantisch fingerte er „Seifenblasen" (ein kleines Lied.)
Ich versuchte ihm das Singen beizubringen, doch wenig später bekam ich grad´ bei ihm einen Schüler-Koller, so daß ich ihn am liebsten gepackt und gebeutelt hätte, weil er so schwerfällig ist, und sich nicht einmal zwei simple Akkorde merken kann!
Und dann immer die Enttäuschung, wenn der nächste Schüler doch kommt!
Jedesmal, wenn ich kurz ins Häusl entschwand und zurückkehrte, konnte ich es nicht fassen, daß ER – für den Moment eine Art „Leibhaftiger" für mich – nun doch gekommen war!
Z.B. Andreas H. mit seiner Beethoven-Romanze.
Um halb fünf kam wieder die bezaubernde Antje O., die ich gerne an der Seite Mings sähe, und die vergessen hatte, wie man die Finger nun wie wohin stellen soll, wenn Kreuze da sind oder so?
So versuchte ich´s ihr zu erklären, agierte allerdings pädagogisch eher ungeschickt, weil *ich* ja weiß, wie´s sein soll.
Ich frug sie über ihre Geschwister aus, und die Antje berichtete überraschend plastisch und engagiert, so daß ich ihr sehr gerne zugehört hab:
Sie habe noch drei Brüder.

Einen davon habe ihre Mutti allerdings als 4-jährigen aus dem Heim geholt.

Er gehört einem Säuferehepaar, und nun wollen sie den wieder abgeben, weil es mit ihm nicht auszuhalten sei.

Er klaut, und geht nicht in die Schule.

„Dann gehört er wieder dem Staat!" sagte ich, weil man den Schmerz über eine gescheiterte Existenz nicht so sehr an sich heranlassen möchte – doch im Grunde ist die Geschichte erschütternd:

Er trägt eine ganz dicke Brille, die Zähne waren ihm schon als Kleinkind hinweggefault, und mit vier Jahren brauchte er immer noch noch Pämpers!

(Jetzt ist er 15).

Antjes engagierte und seelengute Eltern haben ihn schon öfters zu überreden versucht, gut zu werden, doch genützt hat alles nichts.

Als nächstes kam Maike W. zum Zuge. Ich war plötzlich so lustig und unterhaltsam, und erzählte ihr, daß ich das Gefühl habe, sie schon immer zu kennen, und sie sei immer 17 – und dies seit bald 20 Jahren!

Auf geheimnisvollste Weise sei für sie einfach die Zeit stehen geblieben, während um sie herum ganz normal gealtert würde.

In meinem Tagebuch von 1977 stehe: „Am Nachmittag unterrichtete ich die 17-jährige Maike Windau."

Doch der Unterricht war unergiebig bis zum geht-nicht-mehr! (So würde es wörtlich auch im Tagebuch von 1977 stehen, wenn die Geschichte tatsächlich wahr wäre.) Zunächst platzte eine E-Saite, und es dauerte ganz lang, bis eine Neue aufgezwirbelt war.

Die Maike hatte die Orchesterstimme der 2. Violine von Haydns-Trompeten-Konzert mitgebracht, und die 2. Geiger müssen die ganze Zeit zählen wie Weltmeister und immer bloß irgendwelche Achtel oder Viertel greifen und spielen.

Mit diesem Werk plant Musikschulleiter Seibold im Herbst die USA unsicher zu machen, (um dies in Worten von Ute M. niederzuschreiben.)

Doch Maike W. möchte nicht mitreisen, sondern nur mit*proben*, da *das* ja Spaß mache, so zumindest sagtse.

Ich malte ihr, in Schwung geraten, die unglaublichsten Szenarien aus, und die Maike lächelte nett und erfreut, weil sie mich mittlerweile schon ein bißchen gewöhnt ist, und liebgewonnen hat. Ich schraubte die Zeit etwas vor, und erzählte ihr, wie sie nämlich doch nach Amerika mitreist.

Dann ist die Reise um, und ihre alten Eltern wollen sie in Leer am Bahnhof abholen. Doch statt der Maike persönlich, wird denen nur ein Brief ausgehändigt, in welchem zu lesen steht, daß sie nicht wiederkommen würde, da sie jemanden kennengelernt habe: „George".

„Ich glaube, meine Eltern fänden das nicht so prickelnd!" sagte die Maike.

Ich erfuhr, daß sie in Maastrich studieren und Psychologin zu werden gedenkt. Kriminalpsychologin mit Arbeitsschwerpunkt „Verbrecherbekehrung".

Um halb sechs kam Mauritz A. mit seiner dubiosen, nicht heilen wollenden Entzündung auf dem Nasenrücken.
Unheimlicherweise vergeht die Zeit immer so unnatürlich langsam, wenn ich ihn unterrichte.
Steif, mit dem Rücken zu mir, spielte er ein Werk von William Byrd.
Ich lehnte mich hierzu in der hereinbrechenden Dunkelheit an die Heizung, und wenn ich nach ganz langer Zeit wieder auf die Uhr blickte, dann waren immer erst zwei bis drei Minuten um!
Der Mauritz wirkt bei seinem geigerischen Herumgestochere immer wie ein schlecht vorbereiteter Student in der Musikgeschichtsprüfung: Er stümpert viel rum, so wie ein Prüfling, der seine Reden in der „Mündlichen" dauernd mit Versatzstücken wie beispielsweise „sozusagen" und „vielleicht" bzw. „oder so" zu strecken versteht.

Um 22 Uhr fuhr ich in Buzens Auto fast murmelig geborgen nach Bremen.
Der Flughafen war um diese Uhrzeit schon fast ausgestorben, und meinen Traum von einem gemütlichen Besuch bei „Möwenpick", konnte ich mir auch abschminken: Das Möwenpick hatte geschlos-

sen. Aber ich traf mich dort vor verschlossener Türe mit Herrn Gaßmann, mit dem wir uns verabredet hatten.

Schließlich pickten wir Buz auf und fuhren mit ihm heim. Im Auto saß ich hinten.

Buz vorne schittete ein wenig Bull, und der Joachim lachte belustigt, doch ich wurde davon schweigsam.

Manchmal wurde ich allerdings auch lustiger.

Ich erzählte von Linda R.s Liebesbrief, und wie gern die Frauen fremdgehen.

Etwas, was der Joachim noch gar nicht bedacht hat, wenn er seine Ingrid, was ja öfters mal geschieht, allein zuhause läßt.

Dann lenkte ich die Rede auf den Mordfall, der Aurich z. Zt. erschüttert, und ging dabei sehr in die Details:

Ich erzählte von dem einen, eventuell vierten Opfer des Mordduos: Einem seit Oktober 00 abgängigen jungen Mann, der zum letzten Mal in einem Wirtshaus am Wegesrand gesehen worden sei, an welchem wir soeben vorbeifuhren.

Wir fuhren durch dickste Nebelsuppe, und dann sahen wir im Nebel tatsächlich das Gasthaus Wulf dastehen, und durch die Augen der Herren fand ich´s viel spannender, als die Herren wahrscheinlich selber?

Buz und Herr Gaßmann hoben noch bis tief in die Nacht einen Wein…

Mittwoch, 14. Februar

Neblig und geheimnisvoll

…und nachdem ich mich nach Mitternacht ins Bett retiriert hatte, ließ Buz ganz laut eine CD auftönen. Es erinnerte an Omi-Ella früher, die nach dem Motto „Ach, schadt doch nichts!" einfach laut redete, wenn wir Kinder bereits im Bett lagen, so daß das sensible Rehlein verzweifelt: „Schschsch!" zischen mußte, wovon wir dann ganz wach geworden sind.

Am Morgen im Bett fühlte ich mich ganz schwach, so daß es sich mir wie ein Utopikum andünkte, mich überhaupt zu erheben, weil ich meine Beine kaum spürte.
Irgendwo in der Ferne lärmte lästig ein Bohrgerät, und ich in der Horizontalen dachte mir einen HÖRZU-Text für einen Film aus: *„Joachim genießt es, sich drei Tage lang von Frau und Tochter zu erholen und mit der Geigerin Franziska zu proben. Doch dann wird Franziska schwerkrank und stirbt noch am selben Abend."*
Die Krankheit dazu trat mir auch schon fast lustvoll ins Hirn: Eine rätselhafte katatonische Erstarrung, so daß an eine Zusammenarbeit überhaupt nicht mehr gedacht werden kann!

Dann erhob ich mich aber doch, und fuhr ins Fitnesstudio.

Den ofenwarmen Buz, der soeben aus seiner Türe trat, hab ich noch geküsst, doch dann war ich einfach verschwunden.

„Immer in Eile!" sagten die gemütlichen Kaffeedamen als ich kam und lachten freundlich und erheitert, und ich lachte gutmütig mit, weil ich das Fitnesstudio zu stürmen pflege wie ein Wirbelwind, und tatsächlich immer in Eile zu sein scheine.
Ich geize mit meinen Sekunden wie so manch ein Anderer mit dem Kleingeld.
Eine Dame sagte: „Sind Sie nicht Franziska König?" weil Herr Gaßmann & ich heut in der Zeitung zu bestaunen waren.

Daheim überbrachte ich diese ofenwarme Neuigkeit, und davon kaufte uns Buz zum Frühstück die Zeitung, in welcher allerdings doch nichts kam, weil´s nämlich die falsche war.
Stattdessen war das Blatt gefüllt mit Neuigkeiten über das abscheuliche Mordduo „Buß & Wienekamp": Zwei armselig ausschauende heruntergekommene Typen, die, als sei´s der Untaten nicht genug, neben einer alten Omi auch noch zwei Trunkenbolde erschlagen haben!
Alle drei Opfer bekamen vom Arzt eine natürliche Todesursache bescheinigt – und da ist ja immer noch der verschwundene Herr, nach welchem Leichenhunde zur Stund im Hagener Forst suchen.

Dreimal hatte uns ein gewisser „Lothar Schneider", seines Zeichens Akkordeonist aus Oldenburg, auf Band gesprochen, da er sich bei Buzen als Interpret im „Musikalischen Sommer" empfehlen möchte.
Die ersten beiden Male klang der gebürtige Schwob´ noch frohgemut, und sagte verbindend-scherzhaft auf schwäbisch: „Ich gehöre zu den unerschrocken-Hartnäckigen…." doch bei seinem dritten Anlauf spürte man eine leise Verärgerung, und er hinterließ nur einen „schönen Gruß von Lothar Schneider", und dies nicht ohne Unterton.

Buz las aus dem Buch von Carl Flesch vor, und ich saß ein bißchen puttchenhaft am Tische und ging mit mir ins Gebet, daß ich auf gar keinen Fall so werden möchte, wie „Tjana Büscher", die zirka 51-jährige, süppelige Tochter vom Musikmanager „Herrn Büscher" aus Bammenthal, die immer nur am herumnörgeln ist, und dies nicht einmal mehr zu merken scheint? Zu ihrem alten Vater spricht sie ausnahmslos in scharfer, verletzender Ironie, und über dessen Geschichten, die der Gastesterheiterung dienen sollen, sagt sie kränkend und demütigend für den alten Herrn: „…bloß, daß ich die schon 252 mal gehört habe!"

Der Joachim erzählte, daß er zwei Schwestern habe.
Die Ältere – Heidi – ist bereits 50 Jahre alt, und wurde ganz doll krank – Krebs.
Doch sie erholte sich wieder.

Früher engagierte sie sich in der KPD dafür, daß alle Menschen gleich seien.

„Etwas, das man doch erst später vor dem höchsten Richter ist!" philosophierte ich zurechtrückend.

Jetzt erfüllte sich die Heidi allerdings einen Traum und studiert Literatur. „Literatur<u>en</u>" korrigierte ich naseweiß, und zitierte Sigrid Löffler, die gesagt habe, <u>eine</u> Literatur gäbe es nicht.

Der Nebel draußen war so zauberisch. Wie eine gute Ehefrau, die ihrem Mann alles Unnötige vom Leibe halten will, sprach ich Lothar Schneider auf´s Band. Ich ließ ihn wissen, daß Herr König kein großer Akkordeonfän sei, und darüber hinaus fast nie zu Hause sei.

„Ich bitte um Ihr Verständnis – herzlichen Dank!" sagte ich zwar nett, aber unmißverständlich abkadenzierend, und rächte mich damit unbewußt für vieles im Leben. Später traten noch viele Ideen hinzu, was ich auch hätte sagen können: z.B.:

„Sie werden es nicht glauben, aber mein Mann wird seit einer kleinen Feier im Gasthaus Wulff vermisst! Kein Mensch weiß, wo er ist!"

Der Joachim erzählte, daß seine Schwiegereltern so komisch seien.

Etwas, worunter besonders die Ingrid leidet, denn sie haben so gar kein Interesse an ihr.

Einmal hat die kleine Edith ein Milchglas umgestoßen, und der Stiefschwiegervater Berti schnitt ein Gesicht dazu, daß man´s kaum fassen konnte!

Er schien zutiefst beleidigt, und verbreitete hernach eine un-er-träg-liche Stimmung.

Der frische Joachim erzählte so rührend weiter: „Da bin ich zu meiner Edith gegangen, hab sie geküsst und gesagt: „Wir beide, wir machen das wieder schön!"

Die Ingrid leidet so sehr darunter, daß sowohl ihre Mutti als auch ihre Schwester so gar nichts für sie zu empfinden scheinen.

Nicht einmal nach der Geburt von der kleinen Edith im Mai 98 waren sie angereist um zu gratulieren!

Man habe keine Zeit, so hieß es.

Abends retirierte ich mich auf mein Zimmer, so daß sich unser Gast auf eine amerikanisch wirkende Weise fast ein wenig „wie bestellt und nicht abgeholt" vorgekommen sein dürfte.

Buz wurde fröhlich und übermütig – etwas, was sich auch in seinem Geigenspiel niederschlug, weil es ihn so inspirierte, daß wir einen netten Gast haben, der über seine Späße lacht.

Ich erzählte den Herren aus Buzens Jugend:

Buzens Mutti frug streng: „Kann man dich wohl zwei Stunden allein lassen, Junge? – Geh aber nicht an Beethovens Violinkonzert, denn das darf man erst ab Mitte 40!"

Doch wenn sie weg war, fühlte Buz sich von allen Fesseln befreit, und auf dem Bett hopsend spielte er ganz enthemmt all seine Lieblingswerke, und machte auch vor Beethovens Violinkonzert nicht halt.

Dann sind Buz und Joachim noch ein wenig im Nebel spazieren gewesen, und bevor sie gingen frug ich zum Abschied: "Was mach ich, wenn Lothar Schneider anruft?" Plötzlich begann es mich brennend zu interessieren, was sich wohl hinter der Figur „Lothar Schneider" verbirgt?
Theoretisch könnte *ich* ihn jetzt mit Anrüfen bombardieren:
"Herr Schneider! Hier spricht Frau König aus Aurich. Ich habe mich umbesonnen: Mein Anruf heute Mittag hat Sie sicherlich leicht verärgert?
Ich muß Ihnen gestehen, daß ich Ihnen nicht die Wahrheit gesagt habe. Ich wollte mich nur ein wenig hervortun…"
Dann ruf ich ihn ganz oft an, und schließlich ist es Lothar Schneider, der sich meiner Anrufe erwehren muß…schon wieder eine Kurzgeschichte.

Donnerstag, 15. Februar

Sonnig.
Dann und wann etwas neblig und geheimnisvoll

Auf dem Standradl im Fitnessklub sprach mich die eine Bedienstete darauf an, ob ich wohl Musikerin

von Beruf wäre, wiewohl nämlich im „Heimatblatt"
etwas über mich zu lesen stünde?
„Sie spielen Geige?" hakte sie interessiert nach.
„Ja, schon seit mehreren Jahren!" antwortete die
Dame neben mir für mich. (Nett.)

Wieder daheim:
Beim gemeinsamen Mittagessen plauderten wir über
Ute M., und ich sagte einfach vorlaut und ohne
gefragt worden zu sein, Ute M. sei ja nicht grade ein
Ausbund an Erotik.
Später am Abend, als ich zur kleinen Edith sagte:
„Der Apfel fällt nicht weit vom Stamm" - sagt Ute
M.!" erfuhr ich durch Zufall, daß der Joachim die
ganze Zeit gemeint hat, mit Ute M. sei Ut**a** Münch
gemeint!
Das war mir sehr peinlich – zumal Frau Münch ja
tatsächlich auch nicht grade ein Ausbund an Erotik
ist.
Ich klärte den Irrtum auf so gut ich konnte, -
wohlwissend, daß sich ein einmal in ein Erwachse-
nenhirn gepflanzter Gedanke nur schwer wieder
ausrupfen läßt - um dann assoziativ weiter zu
psychologisieren: Ute M. sei eine fantastische Ehefrau, während Linda R. eine ganz schlechte Ehefrau
ist, da sie nach einem besonders häßlichen Ehezwist
sogar mal versucht hat, ihren Mann mit dem Auto
totzufahren.

Buz las die Lehrbriefe an unser Lindalein vor, die er mit so viel Freude, und in großem pädagogischen Eifer verfasst hat, und der Joachim lauschte ihm gutmütig.

Ich selber erzählte, wie Doris Schröder-Köpf mal im Tagebuch ihres Mannes Gerhard schmökerte, und dabei auf folgenden Passus stieß: "Ich kann irgendwie nur so ein richtig unbedarftes Blödchen an meiner Seite haben. Komisch. Kluge, starke oder gar schöne Frauen machen mir ganz einfach nur Angst."

Einmal saß ich in nebliger Wetterlage in meinem Zimmer auf dem Schaukelstuhl, und dachte mir aus, wie unglaublich es wär, *wenn ich jetzt einem Auricher Arzt im Krankenhaus gegenübersäße, der mir schonend eröffnen würde, daß ich maximal noch drei Monate zu leben hätte?*
Ein ungläubiges, unglaubliches Hochgefühl würde mich packen!
Und das Gefühl, wie´s wohl so wäre, wenn´s so wäre, begleitete mich den Rest des Tages, weil ich mich halt so unwirklich erschöpft fühlte.
„Meine Kraft hat mich verlassen!" dachte ich mehrfach, und: "Ich gehe ins Fitnessstudio um kräftig zu werden. Doch ich lasse meine ganze Kraft dort."

Interessiert wie eine 10-jährige, frug ich den Joachim ständig nach seinen Schwiegereltern, Elke & Bert aus Holtrop aus, mit denen es leider problematisch sei.

Der Berti hat morgen Geburtstag, und wenn ich mag, so dürfe ich mit zum Tee kommen.
„Wir bringen ihm ein Blümchen!" sagte der Joachim in harmloser Nettigkeit.
Noch netter wäre es allemal, wenn man ihm *das* schenkt, was er sich am allermeisten im Leben wünscht! Bloß weiß leider keiner, was das sein soll...?

Buz kehrte von einem kleinen Einkauf zurück und brachte uns Mandelhörnchen mit.

Hernach fand Buz eine Stelle in unserer Giuliani-Sonate unverständlich und wurde ganz wild davon. D.h. Buz wütete pädagogisch knallhart, und man hat gemerkt, daß es der Joachim nicht gewohnt ist, pädagogisch derart unerbittlich angefasst zu werden, denn man weiß ja, daß Gitarristen eher solcherart unterrichtet werden:
„Ich möchte Dir ja nicht zu nahe treten..."
„...war aber nur'n Vorschlag"
„....kööönnte ich mir vorstellen"...
"...wenn Du meinst?"
Buz wütete wie der Bindinger* und war ganz grob zu mir. Ständig, und kaum, daß ich damit anhub, meinen Lauf zu spielen, rief er aus:
"...versteht man nichts!"
*Schwager und gleichzeitig strenger Mathematiklehrer von Ludwig Thoma

Natürlich hätte man verärgert reagieren können, doch ich hab ja bereits alles Irdische hinter mir gelassen, und die vertrocknete Nelke „Tjana Büscher" aus Bammenthal dient mir als abschreckendes Beispiel, so daß man dabei an Opas Worte denken muß: „Niemand ist so schlecht, als daß er nicht noch als schlechtes Beispiel dienen könnte."
So bemühte ich mich, und dachte etwas ehefrauenhaft: „Mein Mann ist sonst so gut, doch wenn es um seinen Beruf geht, so kann er sehr grob und sogar polterig werden!"

Freitag, 16. Februar

Zunächst bleich, am Nachmittag prasselnder Regen

Um 12 nach 11 kam mit 12-minütiger Verspätung der Joachim, der bei seinen Schwiegereltern zu nächtigen pflegt.
Buz hatte den symbolischen und vieldeutigen Luftballon, den ihm Linda R. geschickt hat, aufgeblasen, so daß er jetzt ausschaute, wie eine überdimensionale Melonenbrust.
Noch deutlicher konnte man nun „Linda, Deine erste Geige!" darauf lesen.
Ich psychologisierte rum, daß Buz nicht zu lange mit einer Rückmeldung warten dürfe, denn wie oft muß man lesen, daß sich glühende Liebe in rasenden Hass verwandelt?

Die Linda, die nicht weiß, daß Buz keine Briefe schreibt, wartet nun täglich angstvoll auf den Postboten, denn der Hans-Jürgen mit seinem dünnen Kopf würde es nicht gutheißen, wenn Buz seiner Ehefrau einen Brief schriebe.
„Was soll das?!" würde er unwirsch ausrufen, und: „Hast du ihn etwa ermutigt?!?"

Beim Unterricht wurde Buz lustig und übermütig wie ein Kind, das am liebsten freudig auf und abhüpfen möchte.
Es lag daran, daß wir eine Lösung für die heikelige und leider wenig überzeugend klingende letzte Seite in der Sonate von Giuliani gefunden hatten:
Das Ganze „frey wie eine Cadence" zu nehmen.
Bloß: Der Joachim begriff's immer nicht ganz, und spielte es nach Art eines Friesen immer ungefähr genau so schnell wie immer. Na, die Hauptsache war natürlich, daß wir gemeinsam am Zielpunkt ankamen, und das war's, was Buz so froh und übermütig gestimmt hatte.
Buz geriet in einen manischen Spaßungsrausch und rief gar auf Rheinisch: „Spaß muß sein, und wennet's bei der Schwiejermutter im Bette is…hahahahaa!"
Und darüber lachte Buz dröhnend wie über einen guten Witz.

Der Joachim erzählte, wie er einmal seine beiden, in Hamburg ansässigen Schwestern Heidi und Anja

angeschrieben hat, daß sie in sein Hamburger Konzert kommen mögen.
Doch kaum lagen die Briefe im Kasten, da beschlich ihn eine schier unglaubliche Aufregung darüber, daß sie vielleicht wirklich kommen könnten?
(Aber sie kamen doch nicht.)
Er wollte, daß sie ihn gut finden, stolz auf ihn sind, und ihn lieben. Das fand ich so rührend.

Mittags fuhren wir ins „Twardokus".
Buz fuhr sehr übermütig, und man kann von Glück sprechen, daß nichts passiert ist.
Wir parkten auf dem VIP-Parkplatz der „Ostfriesischen Landschaft", und Buz sagte wie beiläufig: „Ach, das ist der Parkplatz vom Landschaftspräsidenten! Da darf ich ohne weiteres parken!"
Es erinnerte mich so an den Polt-Sketch mit dem Giorgio, dem Besitzer der Nobel-Diskothek, von dem der Polt gemeint hatte, das sei sein Spezi.
Ich versuchte, den Sketch zu erzählen, doch es kam gar keine erkennbare Pointe rüber, und darüber mußte ich noch mehr lachen.
Vor dem „Twardokus" wollte ich dann noch die „Ostfriesischen Nachrichten" lesen, die dort in einer länglichen Glasvitrine an die Wand geheftet sind.
Doch leider mußte man alsbald konstatieren, daß man unser Konzert nicht angekündigt hat.
Wenig später durchschritt ich die Schwingtür vom Twardokus.

In einem Eck im Twardokus steht eine richtige Bibliothek mit Büchern für jeden Geschmack.
Aber ob man danach greifen darf, weiß niemand.

Wir setzten uns an einen freien Tisch, und Buz erzählte von seinem Schwiegervater „Opa".
Die Rede war draufgekommen, weil ich gefragt hatte, ob über die kleine Edith wohl auch Kinderberichte geschrieben würden? Und spricht man über dererlei, so denkt man doch wohl in erster Linie an den Opa, der in jungen Jahren ganze Aktenordner mit köstlichen Kinderberichten gefüllt hat.
Der Joachim erzählte so rührend von den Anfängen mit der kleinen Edith:
Damals, als sie geboren war, holte er seine kleine Familie nach zwei Tagen aus dem Krankenhaus ab und fuhr ganz langsam, so daß ihm beständig hinterhergehupt wurde.
Doch er fand, daß das kleine Wesen so beschützenswert sei, und dann sah er es gar nicht gerne, wenn die Edith das Haus wieder verließ.
Er wollte, daß sie immer da sei.
Draußen regnete es triefend matt und bräunlich.

Am frühen Abend:
In prasselndem Regen fuhr ich nach Holtrop.
Mir gefielen die einsamen Häuser an der Dorfstraße, weil's mich so an einen Traum erinnerte, den ich mal geträumt hab.

Zu meiner Freude kamen zum Konzert ganz viele Leute, obwohl es nicht in den „Ostfriesischen Nachrichten" gestanden war.

Auch Buzens väterlicher Freund Herr Schüt hatte sich herbeibemüht.
Heut vor einem Jahr lebte seine Grete noch – aber nicht mehr lange, und jetzt ist Herr Schüt ganz allein.
Frau Kamp mit ihrer langen Nase und der umgestülpten Tulpenfrisur sah man auch schimmern.
Auf der Bühne war's ziemlich dunkel, da ich alles auswendig spielte, und nur der Notenständer vom Joachim war beleuchtet. Z.T. spielte ich sehr anrührend, nur die komplizierte Sonate von Giuliani blieb nicht ohne Blessuren.
In der hinteren Reihe konnte man den Christoph-Otto und seine Frau schimmern sehen, und sogar Frau Schinke war mit ihrem Hans erschienen.

In der Pause begrüßte mich Frau Kamp und nannte mich „Herzilein!" Dies gefiel mir.
Herr Schüt brachte mir einen Strauß mit wunderschönen Blumen, und umarmte mich warm.
Gestern war er, wie wir schon richtig erahnt hatten, ganz allein zuhaus gewesen, und wir hätten ohne weiteres auch zu später Stund noch klingeln dürfen.
Er leide an chronischer Schlaflosigkeit, und die Nacht würde ihm oft lang. Schad!
Die zweite Hälfte war dann sehr schön.

Abends feierten wir zu fünft im „Romantico":
Ich saß mit dem Joachim und Frau Münch als Trio beisammen, während Buz sich mit einer grauhaarigen Dame festgeplaudert hatte.

Ich erzählte von meiner WG in Trossingen, und wie Buzens Schüler Gunnar früher zum Fensterln kam, denn durch einen schier unglaublichen Zufall zog seine neue Flamme Gerswind genau in jenes Zimmer, aus dem seine alte Flamme, die Frauke, hinweggezogen war.

Auf diese Weise war es dem Gunnar vergönnt, am gleichen Standpunkt weiterzufensterln.

Dann sprach ich davon, wie ich hoffe, daß ich immer mit der Edith befreundet sein möge.

Wenn ich mal 95 bin, dann ist die Edith erst Anfang 60, rechnete ich uns aus.

Der Joachim war sehr gut gelaunt, und dabei hatte er zuvor gesagt, er wäre nicht ganz zufrieden mit sich gewesen, und dies läge an dem vielen Gesabbel gestern. Das könne er vor dem Konzert nicht haben.

„Dein Vater hat es gut gemeint..." sagte er, wenn auch auf eine nette Art.

Buz war vom Konzert ganz hin und weg.

Samstag, 17. Februar

Bleich und klar in einem (Sonnenfrei)

Am Morgen hörte man Buz unten in der Küche mit dem Geschirr herumscheppern, und instinktiv erriet ich was er da tat:
Nach Art eines 13-jährigen, der seiner Mutti eine Freude bereiten will, räumte Buz die Küche auf und zauberte uns ein kleines Frühstück um den schönen Blumenstrauß von Herrn Schüt herum.
Dadurch, daß Buz gestern nach dem Konzert so bezaubernd zu mir war, befand ich mich in einem Zustand freudigster Verlegenheit, gepaart mit dem Grundgefühl, daß man dieses Glück bewahren möchte.
Bald daruf kam Heidi Abel, als Buz am Flügel saß und ganz bezaubernd Dvoraks Streichquartett übte.
Immer wenn Heidi Abel kommt, spielt Buz gerade diese eine Stelle, so daß man meinen könnte, er spiele immer die gleiche Stelle – oder aber, er habe „seine Stelle" gefunden.

Im *Stern* las ich eine kleine Reportage über Frauen, die Mörder lieben.
Auch Frank Schmökel hat eine Freundin, die romantische und durchaus gefühlvolle Briefe von ihm bekommt: „Ich möchte mal wieder eine Nacht im Freien verbringen. Ich möchte mal wieder klitsche-klatschenaß geregnet werden..." schrieb er,

leider wenig dichterisch in der Wortwahl, so doch sehnsuchtsvoll aus dem Bau.

Ein paar Seiten weiter las man über den 28-jährigen Wunderpianisten Arkardij Wolodoss, der einen etwas Sowjetkoloss-arrogäntlichen Eindruck bei mir hinterließ.

„Frauen interessieren mich nicht. Ich ziehe meine Lebensenergie aus der Liebe zur Musik!" sagte er dem *Stern*reporter im Auto kurzangebunden, auf dessen interessierte Frage nach einem eventuellen Glück in der Liebe.

Spaziergang im Wald bei „Mutter Janssen". (Einer Waldkneipe in Aurich.)

Eine entgegenpromenierende Seniorin führte einen chinesischen Hund mit sich, der so freundlich ausschaute, als würde er lächeln.

„Schon wieder ein Kampfhund!" rief Buz übermütig und fröhlich.

Die Seniorin wurde lustig bei diesen Worten und sagte ihrerseits auch etwas Scherzendes.

Mindestens vier Sätze fielen. Man sprach sie aus, ohne sich groß um den Inhalt der Worte zu scheren, nur der Ton machte die Musik, und hernach lief man kurzzeitig etwas beschwingter durchs Leben.

Dann kam Buz wieder auf sein derzeitiges Lieblingsthema zu sprechen: Warum die Koreaner wohl so klug sind?

Wenn dieses Thema Buzen Freude macht, so gefällt´s mir auch.

An einer Stelle konnte ich´s kurz nicht glauben:
Ich stand da und schaute aus meinen Augen wie durch blankgeputzte Brillengläser in die Welt hinaus, während ich mich selber nicht sah!
Dies kam mir so absurd und fast surreal vor.

Hernach fuhren Buz und ich in die Teestube.
„Wenn wir so dasitzen", sagte ich, „dann ist´s doch praktisch wie im Paradies. Bloß, daß es im Paradies natürlich *immer* so weitergeht."
Die nette Bedienerin wollte uns zu einem afrikanischen Tee überreden, doch Buz weicht nach Seniorenart nur ungern vom Pfade der Gewohnheit ab.
Letztendlich ließ er sich aber doch weichklopfen.
Ich selber bestellte heut auch etwas Neues: „Müllers Traum". Ein köstliches Kakaogetränk mit Kakaolikör.
Draußen dunkelte es zart vor sich hin, und Buz las mit großem Ernst ein holländisches Kinderbuch.

Sonntag, 18. Februar
Aurich - Fischerhude - Worpswede

Streng bewölkt

Buz und ich absolvierten einen frischen Spaziergang in bleicher Wetterlage im Ihlower Forst.
Wir liefen am Nil entlang.

Ich nenne den kleinen Fluß „Nil", weil er ausschaut, als wolle jeden Moment ein Nilpferd emportauchen, und uns durch seine großen Nüstern antrompeten.
Ich griff in meine Taschen und fischte ein kleines Traktätchen hervor, das mir neulich von einem Jüngling geschenkt worden war, und las Buzen daraus vor, weil ich das Gefühl hab, in dieser Familie liest und hört man immer gern etwas aus der heiljen Schrift?
Das Traktätchen hatte den Titel: „Das war ihr Leben!" und handelte davon, daß es keinen einzigen Gerechten gäbe!
Drum sprach Buz beim Weiterlaufen auch das aus, was viele denken: Daß so eine öde, dümmliche und fade Religion wie das Christentum 2000 Jahre überlebt hat!

Kurz vorm Auto schwenkte ich die Rede auf die Hilde, indem ich bang frug, ob´s wohl wirklich wahr sei, daß die Hilde im Alter Alzheimer bekommt, und das Yüsslein später Hasch raucht, tief sinkt und seinen alten Eltern nur Kummer bereitet? (Eine düstre Prophezeiung, die Buz einmal gemacht hat.)
Buz lachte ein wenig dazu, und meinte, das Kind würde es schwer haben, weil es heißt: „Deutschland den Deutschen!"

Dann nahmen Buz und ich ein jugendliches Anhalterpärchen bis zum Carolinenhof mit, und hinterher stellte ich mir bildhaft vor, *wie der Vater von dem Mädchen vielleicht tobt? Grade eben war es noch in seinem Zimmer und saß seinen Stubenarrest ab, und nun?*

Dann lag´s schon wieder in der Luft, daß bald nach Fischerhude aufgebrochen werden würde, wo wir heut zwei Freiburger Künstler hören wollten.

Kurz vor Worpswede schaut es aus wie damals, als es gerade frisch mit Adam & Eva angehoben hatte.
Nach einer eineinhalbstündigen Fahrt trafen wir an der Villa im Fritz-Mackensen-Weg ein, - dort wo die Gaßmanns leben.
Bloß, die Straße gab´s damals natürlich noch nicht, und ich stelle es mir anstrengend vor, der erste Mensch gewesen zu sein, weil´s ja praktisch noch gar nichts gegeben hat - nicht einmal Bücher, mit denen man sich die Zeit bis zu besseren Zeiten hätte vertreiben können.
„Sooo viele Menschen mußte es geben, damit wir es heute so bequem haben", rief ich, bequem in meinen Autositz neben Buzen geschmiegt, in echter Dankbarkeit aus.

Dann wurden wir willkommen geheißen.
Buz geriet in eine seltsame Unschlüssigkeit, ob wir wohl übernachten, oder aber nach dem Spektakel wieder nach Hause fahren würden, und die leuchtende Ingrid sah für Sekundenbruchteile ganz erloschen aus, als wir letzteres in Erwägung zogen,

weil sie in echter Vorfreude auf den Besuch doch schon so liebevoll die Betten bezogen hatte.
Davon entschlossen wir uns dann zu bleiben.

Wir fuhren mit der Ingrid nach Fischerhude, weil der eifrige Joachim, der im Organisationsteam mitzuwirken pflegt, schon vorausgefahren war, um letzte Finessen zu regeln.
Buz hat eine fantastische Wellenlänge zur Ingrid, die sich darin niederschlägt, daß sie ganz viel plaudert und sehr warm zu ihm ist.
Das Konzert fand in einem wohnzimmerartigen Saal mit zirka 120 Plätzen statt.
Der Joachim hatte auf seine rührende Art so nett zwei Plätze in der ersten Reihe für uns reserviert.
„König und Königin" hatte er schelmisch auf ein großes Blatt geschrieben.
Etwas, das bei einem älteren Herrn vielleicht lächerlich gewirkt hätte, doch bei ihm fand ich es rührend.

Das Spektakel begann:
Fasziniert schaute ich auf Sonja Prunnbauer mit ihrem glänzenden schwarzen Haar drauf.
Einer Haarfarbe, die in Europa eigentlich nicht vorkommt, und doch heißt es, es sei eine gebürtige Hamburgerin.
Mich hätte sehr interessiert, wie sie - ihres Zeichens Professorin der Künste in Freiburg - als Privatmensch wohl so ist?

Der leider wenig attraktive Rainer Kußmaul, der geiger- und interpretatorisch ein bißele gar zu sehr den „gebürtigen Mannheimer" hervorgekehrt hat, interessierte mich nur am Rande, und nach dem ersten Stück von Paganini raunte Buz mir zu: "Dies würd´ doch wohl dem Hartmut gefallen?"

In der Pause trank ich zwei Sekt Oranges und der Joachim machte ein paar milde Worte drum, daß das Konzert schön gefällig sei, und ihm demzufolge gefiele.
Buzen war ein wenig schwindelig vor Müdigkeit, und *womöglich beginnt auch bereits der Tod an ihm herumzuzupfen? Vorerst natürlich nur spielerisch, doch letztendlich mit dem Unterton: „Auch Du bist mein!"*

In der zweiten Hälfte wurde Folgendes geboten:
Ein Werk von Rudolf Kelterborn aus dem Jahre 1963 das allen sehr gefiel, - und hernach die Ballade von Ysaye.
Den dröhnenden Applaus nach der eher unscheinbaren Darbietung hat Rainer Kußmaul aber nicht so an sich heranlassen mögen, da er mit Gunstbezeugungen dieser Art emotional nicht umzugehen versteht, und so wunk er rasch die Gitarristin herbei, auf daß sie sich zu ihm in den Applauseshagel hineinstelle, und man alsbald mit einem Werk von Giuliani einen würdigen Schlußpunkt setzen könne.
Dann war´s vorbei.

Wir fuhren mit der Ingrid in ein nettes Lokal, und die lebenslustige Ingrid beplauderte uns ohne Punkt und Komma über Stock und Stein – so wie die Annegret*.

*Eine Dame, die gerne ohne Punkt und Komma über Stock und Stein zu plaudern pflegt

Buz wirkte so still, fröstelnd und müd, und doch gespannt und aufgeregt vor der Begegnung mit Rainer Kußmaul, dem großen Kollegen und Besitzer einer Stradivarius, die Buz vielleicht lieber selber besäße? D.h. *ich* sähe es lieber, wenn Buz darauf spielte, da Rainer K. so bißfrei spielt.
Zuerst versammelten sich nur ein paar Jünger:
z.B. ein junger Geiger, der kurz davor stand, dem Meister vorspielen zu dürfen.
„Ich fahr im Umkreis von 500 km überall hin!" verkündete er wichtig, und Buz und ich saßen schutzsuchend in Gaßmanns Windschatten, und nur die Gitarristin Frau Prunnbauer, die wiederum ihrerseits neben dem Joachim saß, haben wir etwas näher kennengelernt.
Sie rauchte, und sagte einmal so blöde zur Ingrid:
"Ich hab gehört, du rauchst wieder! Das find ich so suuuuuper!"
Das Curry-Gericht in diesem sehr sympathischen Lokal schmeckte einfach fabelhaft.
Wir erfuhren, daß Sonia P. eine Tochter, Mitte 20, habe, doch ob´s auch einen Vater dazu gibt, das weiß keiner, und man bleibt auf Vermutungen angewie-

sen, ob es vielleicht eine Besenkammernummer gewesen sein mag?

Die vergnügte Ingrid goß uns daheim noch Wein ein, und nachdem die Edith mal aufgeheult hat, zogen wir uns in die Küche zurück, wo eine 50er Jahre Zwiebeluhr sehr geräuschvoll die Sekunden abhobelte.
Die Ingrid ist bzgl. der Raucherei, die sie sich damals in der Schwangerschaft schweren Herzens abgewöhnen mußte, leider wieder ganz tief gesunken: Mindestens vier Cigaretten rauchte sie allein jetzt, und mußte nun demgemäß das Fenster öffnen, durch das eisige Nachtluft hereinwehte.
Vergnügt unterhielt sie uns nun damit, daß sie für sich festgestellt habe, daß „die Zigarette" das Richtige für sie sei.
Schon als Kind verliebte sie sich in die Raucherluft im Auto, die der Stiefvater immer so herbeiblies....
Erst so kurz vor zwei, als auch Vati Joachim als Organisator endlich von dem anregenden Abend zurückgekehrt war, begaben wir uns zu Bett.

Montag, 19. Februar
Worpswede - Aurich

Etwas regentrübe

Buz und ich nächtigten im gleichen Zimmer, doch am Morgen war Buz leider sehr schlecht gelaunt, weil er morgen ein Quartett-Konzert in Esens hat, und demgemäß sehr aufgeregt ist.
Als wir uns in den frühen Morgenstunden klammheimlich aus dem Hause stehlen wollten – ich hatte noch einen kleinen Dankesbrief mit warmen Worten verfasst – fing uns Vati Joachim auf seine nette Art ab, weil er, so wie alle Tage, von einem Wecker namens Edith geweckt worden war.
Dem Joachim macht das allerdings nichts aus, dieweil er, ähnelnd Buzen, ein froher Morgenmensch ist, und nur die Ingrid hat ihre Probleme mit dem frühen Erhöbnis, da die Eheleute ehegemäß in jeder Hinsicht grundverschieden sind.
Wir frühstückten somit in jenem Zimmer, wo die Ingrid im Ehebett hinter dem Schrank noch vor sich hin schlummerte.

Einmal machte die Edith Blödsinn, indem sie sich rasierschaumartig mit Penatenkrem einkremte.
Dann wollte sie Pferdchen spielen.
Unter freudigem Gejohle rannte sie im Zimmer herum – angeschnürt an ein Seil, dessen Ende Vati Joachim lose halten mußte, und wenn der Joachim

„Lotte Hü!" sagte, dann rannte sie, und wenn er „Brrr!" sagt, so blieb sie stehen.

Aurich:
Der Tag – mit Regenperlen an den Fenstern – mündete in die Dunkelheit hinein, und ich sah Herrn und Frau Runge in ihrer Küche agieren.
Ich hatte direkt ein wenig Angst, sie könnten in einen Zwist geraten. Ein Wort gibt das andere, man wird laut und ungemütlich…
Dann sitze ich hier oben und kann gar nichts machen, wenn der Streit vielleicht eskaliert? Entsetzt muß ich mit ansehen, wie Frau Runge ein Tranchiermesser zückt und es ihrem Rolf mitten ins Herz stößt…
Rehlein hatte mir doch erzählt, daß die ihr so nett geschrieben hätten. Doch dann sah ich, wie die Frau ihren Mann warm küsste, und fühlte eine große Freude und Erleichterung. Ich schickte meine Seele zu ihnen in die warmbeleuchtete Küche, während meine leere Hülle weiter in meinem Zimmer stand und vor sich hinübte…

Hernach trotzte ich Regen und Wind und kaufte noch im Combi ein.
Ich war so froh, daß die Petra erst morgen kommt, denn vor dem Bettenbeziehen hatte ich einen Graus solcherart verspürt, wie die Oma früher, wenn es darum ging, ein Bett für die Schwiegertochter zu beziehen.

Dienstag, 20. Februar

Nieseltrübe.
Durch Dunstschichten erahnte man die Sonne

Buz telefonierte wichtig herum.
„…der verlangt normalerweise zehn- bis zwölftausend Mark…" hörte man Buz mit ernst und geschäftig klingender Stimme zu Herrn Schumann am anderen Ende der Leitung sagen, und durch Gesten wollte mir Buz zu verstehen geben, „die Tür zu seinem Zimmer von außen zu schließen", so als sei´s ein Liebesgesäusl-Telefonat.
In der Küche ärgerte ich mich darüber, warum man diesen Russen immer alles in den Arsch schieben muß, und über mich würde Buz nie sagen:
„Die verlangt normalerweise zehn- bis zwölftausend Mark…."
Man erhofft sich Wunder weiß was durch diese seltsame Aktion „East meets west" (Hahahaha) und dabei dürfte man durch den Fall Pergamenschikow doch schon klug geworden sein, daß die Familie Nakariakow Ming´s so außerordentliche Qualitäten als Klavierbegleiter wie selbstverständlich hinnehmen würde, ohne hinterher sagen zu können, ob das nun ein Mann oder eine Frau war, der oder die ihren Herrn Sohn da am Piano begleitet hat?
Doch Buz wird aus Erfahrung nicht schlau, und ich malte mir aus, wie ich Buz bei diesem wichtigen

Telefonat in Verlegenheit bringe, indem ich so tue, als sei ich ein Betthäschen.
„Komm ins Bett, Purzl!" würde ich nach Betthäschenart laut neben dem Hörer schnurren, „mein Häslein! Mein Schnuckelpurz! Mein Mausebär!"

Dann bekamen wir Besuch.
Frau Saathoff war´s, und während wir uns zum Tee niedersetzten, schaute ich bewundernd auf sie drauf.
Was das doch für eine schicke, elegante Dame ist!
Sie hatte sich so hübsch gemacht, und roch so gut.

Ich erfuhr, daß ihre Schwiegertochter ein giftiges Biest sei, und es gäbe beständig Streit, weil die Schwiegertochter, eine Frau namens Jutta, ähnelnd dem Seibold, der es nicht ertragen kann, wenn andere glücklich sind und Erfolg haben, die Harmonie zwischen Mutter & Sohn nicht ertragen könne.
Juttas Mutter war immer ganz abscheulich zu ihrer Tochter.
Sie sagte: „Ich hasse Dich!" und „Du bist wie Dein Vater!" und ähnlich Unschönes mehr, und so ist die arme Jutta nun ganz gestört.
Ihren kleinen Enkel Leopold hat Omi Saathoff nun schon seit mehr als zwei Jahren nicht mehr gesehen.
Ihr Sohn Peter pflegt sich bedeckt zu geben. „Später bringe ich ihn mal mit!" sagt er vage.
 Doch Frau Saathoff erwiderte sinnig:

"Später kannst Du ihn an mein Grabb bringen!" weil halt die Norddeutschen „Grabb" mit zwei b sagen. Wahrscheinlich um das modrig, traurige Wort ein wenig zu verunsentimentalisieren.
Ich erfuhr, daß der Peter erst mit dreieinhalb Jahren anfing zu sprechen.
Buz war meist hinfortgesogen, und hing am Telefontropf fest, so daß Frau Saathoff gezwungen war, den Fortsatz einer für die Ohren Buzens gedachten Geschichte, mir weiterzuerzählen - und dabei darf man doch annehmen, daß die einsame Frau Saathoff sich nicht zuletzt für Buz so verschönt hat?

Schon bald schickte ich mich an, in die Musikschule zu radeln.
Kleine schülerfreie Minütchen werden zur Kostbarkeit, doch ich hatte mich zu früh gefreut.
Der bleiche Florian saß schon da.
„Schon wieder ich!" sagte ich entschuldigend, weil ich ja nun wirklich keine große pädagogische Leuchte bin, und erzählte ihm *das*, was ich später allen erzählen sollte: Daß Buz heute ein Konzert hätte, und daß es gewiß ein ganz fahriger Unterricht geworden wäre, da Buz sich doch im Geiste schon als Solist im Streichquartett agieren sieht.
(Das wissen die ja heutzutage alle gar nicht, was ein Streichquartett sein soll – doch vom Begriff des „Solisten" hat man zumindest eine schwammige Vorstellung.)

Dem Florian erzählte ich von Rainer Kußmaul, und daß Geiger aus aller Herren Länder zu ihm streben, um ihm vorzuspielen.

Dann versuchte ich Lust auf die Welt der Geigerei zu schüren, und meinte, daß er sich, sobald die sieben Geigerhefte abgearbeitet sind, einen Stempel im Sekretariat abholen, und sich als Violinprofessor in allen Universitäten des Landes bewerben könne.

„Echt?" frug der Florian, und sah sich im Geiste schon als Professor der Violinpädagogik.

Können tut man´s schon, aber ob man auch genommen wird? Dies steht auf einem anderen Blatt...

„Man müsse sich auch erst bewähren..." fabulierte ich weiter, als ich mit ihm das Vorunterrichten proben wollte.

Den Bogen nahm ich falschrum und hinzu noch in die falsche Hand – doch der kleine Florian bemerkte es nicht, und bastelte nur so am Griff der anderen Hand herum.

Heute erfuhr ich, daß der Florian mindestens 28 Freunde hat. Alle seine Klassenkameraden.

Musikunterricht haben sie bei Frau Horvath-Krall, und davon erzählte ich dem Knirps ein wenig von deren verstorbenem Ehemann, dem poltrigen Franz Krall, der immer so herumgegröhlt hat, bis ihn niemand mehr ernst nahm, und weitete diese Erzählung aus, bis die Stunde vom kleinen Christoph, dem Knirps mit seiner leuchtenden Deckelfrisur, anhob.

Den kleinen Christoph verblüffte ich, weil ich die beiden simplen Lieder, die er seit Wochen verbissen übt, sofort auswendig konnte.
Ungläubig strahlte er mich an.
Im Nebenzimmer hörte man, wie jemand ganz laut „Für Elise" interpretierte, und dabei das Pedal voll durchtrat.
Ich lief neugierig aus dem Zimmer, weil ich endlich mal hören wollte, wie „der Karpfen" Herr Dietrich redet. (Aufregend für mich.)
In einer an Onkel Kläuschen erinnernden sensibel eingeschnappten Stimme, aber gleichsam humorfrei wie ein Karpfen, sagte W.D. seinem Naturell gemäß leicht beleidigt klingend:
"Ihr könnt gerne Klavier spielen, aber nur bei geschlossener Türe!"
Das scheinbar Banale faszinierte mich so, daß ich ganz lange im Türrahmen stehen blieb, und hernach mit Maike W. gar über Herrn Dietrich psychologisierte, als wenn es Arthur Jones sei!

Abends in Esens:
Ich saß im Konzert des Lamberti-Quartetts.
Ergriffen lauschte man Werken von Puccini, Dvorák, Höricht und Ravel.
Beim Ravel dachte ich:
„Da bekomme ich wirklich Tränen in die Augen!"
Schräg hinter mir saßen die stolzen Eltern vom Christoph-Otto: Werner und Rosemarie.

Nach dem Konzert in einer Pizzeria:
Buz trat in ein Fettnäpfchen, indem er die Lehrerin neben sich frug:
"Was haben Sie beruflich gemacht?"
„Wieso?? Ich **bin** Lehrerin. Sehe ich denn schon soo alt aus, daß alle mich so etwas fragen??" antwortete die Frau, die doch mitten im Berufsleben steht.

Mittwoch, 21. Februar

z.T. zarter Sonnenschein.
Sonst unauffällig weißwölkig

Frühstück mit Buz und Petra:
Ich erzählte, daß es mein Schwiegerschüler Herr Schinke, als emsiger Über nicht so besonders gut findet, wenn die anderen drei in seinem Quartett so dilettierend spielen.
Wenn er immer als erster fertig ist, und die anderen drei noch im Notengestrüpp beim Buchstaben E hängen.

Dann wiederum psychologisierten wir über Rainer Kußmaul mit seiner an Frau Zachow erinnernden Wollrestefrisur, wo man die rosa Kopfhaut eines Bluthochdrucksgebeutelten durchschimmern sieht.
Doch nicht darüber sprachen wir, sondern darüber, daß Rainer Kußmaul, so wie fast alle Geiger, findet,

daß sich auf dem Geiger-Market etwas ändern müsse.

Nach einer Weile kam Frau Saathoff in ihrem kostbaren Büffelmantel, unter welchem sie sich für Buz schon wieder so schön gemacht hat. (Anders schön als gestern.)
Freudig setzte sie sich an die Teetafel, während auch Frau Meyer putztechnisch im Hause wütete, so daß wir ein ganz volles Haus hatten.

Frau Saathoff wärmte eine alte Erinnerung auf:
Wie der Peter früher nicht mehr in die Klavierstunde zu Herrn König gewollt hat, wiewohl Buz ihm in seine Klavierfibel geschrieben hatte: „Ich bin ein Esel!"
Bis zur Musikschulpforte kam er noch mit, doch dort bockte er dann.
„Wie ein Esel!" lachten Buz und Frau Saathoff im Duett.
Um halb elf kam dann meine liebe Frau Schinke mit ihrem Haydn-Quartett, und wenn wir im Duett spielten, so klang's wie Musik aus Nepal.
Mir gefiel's, daß Frau Saathoff im Nebenzimmer wie eine Spitzensekretärin für Buz arbeitete. Nach einer Weile kam der Klavierschüler Sebastian Heinemeyer:
Von Buzen bestellt und wieder vergessen, denn Buz & Petra waren aushäusig.
Mir war's leicht peinlich, und so bot ich dem Jüngling Tee an, der nach Friesentradition abzupf-

bereit auf dem Stövchen stand, und reichte ihm auch noch das Buch von Dietmar Schwanitz über die Schweiz.
„Und schon ist die Wartezimmeratmosphäre perfekt!" sagte ich auf die frische Weise Mings.

Nach einer Weile kehrten Buz & Petra nach Art eines Ehepaars, das seine vormittäglichen Einkäufe getätigt hatte, zurück, und die brave Petra erbot sich gar, zu kochen.
D.h. wir saßen erst noch eine Weile beim Tee, und ich gewöhnte mich an die Petra, solcherart wie man sich vielleicht eines Tages an seine Stiefmutter gewöhnt, und mochte sie recht gern.

Ich erfuhr, daß dem Geigenbauer J. in D. und seiner leider scharmfreien Frau (einer Dame, die von Buz nicht leiden gekonnt wird) vor kurzem ein zweiter Sohn geschenkt wurde:
Der erste, ein süßer Knirps mit einem klaren Babygesicht heißt: „Aurelius", und der Neue hat einen noch klangvolleren Namen bekommen: „Vinzent".
Er sei aber leider häßlich, sagte die Petra.
Im Zimmer der Geigenbauergattin lag noch eine Italienerin mit einem bildhübschen, zartgebräunten, italienischen Baby, und die Gäste, die nach diesem bewegenden Anblick, auf den kleinen Vinzent draufschauten, meinten etwas gequält: "Süß!" so wie man über ein unverständliches Werk eines Künstlers zu sagen geneigt ist: „Interessant!"

Buz entschwand zum Coiffeur und kehrte mit einer sommerlich gemähten Rasenfrisur zurück, als die Petra zuende gekocht hatte.
Es gab Ofenrohrscharniernudeln mit einer Käsesoße und Brokkoli.
Buz hatte die Winterreise von Schubert eingelegt, und wir sprachen über die Beatrice, welche von Buzen heuer nicht mehr eingeladen wird, da sie so spitz auf´s Geld sei.

Die Firma Bosch-Freese gefällt mir nicht so sehr.
Kühl und langsam.
Ein Lehrling baute mir mein Radio wieder ein, und leider rauscht es ein wenig, aber es ist schön, wieder meinen Udo hören zu können.

Telefonat mit meinem heißgeliebten Ming:
Mit der Luisa sei es ein wenig eingeschlafen, so Ming.
Nicht mal im Sommer kann sie kommen, und ihre Briefe sind seltener, kürzer und eine Spur sachlicher geworden.
Ming muß aufpassen, daß nicht eines Tages ein Brief kommt, worin zu lesen steht:
"Seit kurzem spielt auch ein Mann eine Rolle in meinem Leben…" traurig genug – Ming wendet das Blatt und liest weiter: „Sein Name ist JESUS CHRISTUS!"
Doch kann man auf dererlei aufpassen?

Ähnelnd mir hofft auch Ming, daß es mit Linda und Jim bald aus sei, denn, so Ming, die Linda würde dem Jim immer ähnlicher, und dies stünde ihr nicht.
Ich erzählte, wie Ute B. oftmals einen neuen Kandidaten am Wickel hatte, und wenn man nach einiger Zeit frug, wie´s läuft, so hörte man Sätze wie: „Bei uns herrscht z. Zt. Sendepause!" oder „Wir haben gerad Funkstille!"

Zum Abendessen legte Buz den „Abend der Gaukler" von Ingmar Bergman ein, und so saßen Buz und Petra etwas autistisch nach Art eines Ehepaares vor dem Bildschirm, und ich bangte um meinen Kriminallfall um 0:00 Uhr.
Einmal sagte ich treffend: „Wir sind ja alle bloß Variationen von Adam und Eva!"

Zum Schluß musizierten Buz und Petra so wunderschöne Haydn-Duos, und ich dachte: „Ich fühle mich so geborgen, wenn ich oben im Bett liege, und meine alten Eltern musizieren Haydn-Duos, bloß wünschte ich natürlich, es wäre Rehlein, die da die Bratsche spielte.."

Donnerstag, 22. Februar

Sonnentendenz, aber auch dicke, violette Regenwolken. Am Abend regnete es

Die an der Straße stehenden grünen Mülltonnen lösten naturgemäß gleich den Herdentrieb in mir aus, so daß ich den unsrigen dazustellen mußte, obwohl es mich immer schmerzt, wenn ich von meinem schönen Teepicknick am Fenstersims etwas Zeit für eine Banaltität abzweigen muß.

An der Frühstückstafel saß ein Gast:
Eine Dame namens Conny, die sog. „Leitkuh" eines Mitarbeiterzweiges für unseren „Musikalischen Sommer".
Sie war aber nur dienstlich erschienen, um mit Buzen die letzten Finessen zu besprechen.

Über die Gaßmanns sprachen wir auch:
Buz scherzt immer so süß über Herrn Gaßmann:
„Da müßt ihr aber aufpassen, daß das Auto oder das Haus nicht in die Luft fliegt, wenn er heute zu Besuch kommt!"
Gewiss, ein banaler Scherz, doch von Buzen vorgetragen hört er sich entzückend an, wie von einem kleinen Wammerl mit Milchzähnchen, das bebend vor Eifer und Belustigung einen kleinen Witz erzählt, und es nicht erwarten kann, daß eine Lachsalve das Zimmer durchbebt.

Ich scherzte, wie´s wohl wär, wenn die heutige BILD-Überschrift lautete:
„Wolfram König und seine Petra:
„JA! ES IST LIEBE!" (Wenn Buz im Leben nur etwas prominenter geworden wäre.)

Schon am Vormittag fuhr die Petra Buz zum Flughafen nach Bremen.
„Ich freu mich schon auf meine sturmfreie Zeit!" rief ich aus, doch als es dann wirklich so weit war, wurde mir schwer ums Herz.

Als sie weg waren, telefonierte ich zunächst etwas geistesabwesend mit der Veronika, und schaute dabei auf unser Plakat aus Wien vom Jahre 1979.
Unglaublich: Ich schaue so gut wie nie bewußt auf dieses Plakat, das an Buzens Zimmertüre klebt, doch nun stach´s mir ins Auge, daß das Konzert **genau** heute vor 22 Jahren stattfand, - auch an einem Donnerstag, doch die Erinnerungen daran sind leider nebulös geworden.
Ich erzählte der Veronika allerlei: Erfundenes vermischte sich mit pseudoreellem – so *könnt´s* zumindest sein, und sind dies nicht die besten Filme über die alten Komponisten? Irgendjemand denkt sich etwas aus, und verarbeitet dies in einem fesselnden Film?
Ich erzählte, wie die Petra den Tobias einfach nicht mehr ertragen könne, seitdem sie sich mit ihrem reifen Violinprofessor eingelassen hat. Abends klebt

sie einen Zettel an die Türe: „Bin hundemüde und habe mich schlafen gelegt. Kuß, Petra". Doch in Wirklichkeit wälzt sie sich schlaflos im Bett - angesengt von der Liebe, die mehr ist, als nur eine schlichte Liebelei, zu welcher ihr Glück mit dem Tobias soeben zu verkümmern scheint?
(Die Petra lacht immer gutmütig zu solcherlei Albernheiten.)

Ich schaute „Brisant":
Hautnah erlebte ich's mit, wie der Vater von der verschwundenen 10-jährigen Stephanie, die mit ihrem 24-jährigen Freund nach Frankreich durchgebrannt war, erzählte wie erleichtert er sei, daß die Entschwundene wieder da ist.
„Mir ist ein Fels vom Herzen gefallen!" sagte er und lächelte matt.
Vielleicht ist's ja wirklich die wahre Liebe, die nicht nach dem Alter frägt?
Und so gelobte er freudig und erleichtert von einer Anzeige gegen seinen Arbeitskollegen und späteren Vielleicht-Schwiegersohn abzusehen.
Und somit waren alle wieder froh.

Als interessant empfand ich's, daß Herr Gaßmann heut von der ihm noch unbekannten Petra abgeholt werden würde. „Wie sie ihm wohl gefallen mag?" mutmaßte ich auf Seniorenart.
„Ein Blitzschlag der Liebe!" heißt's womöglich später in der Lebenschronik?

Schließlich kamen sie, und es wurde unerhört nett. Unser Leben wurde richtig schön, solcherart, als würden an einem warmen Oktobertag sämtliche Wolken hinfortgepustet, der goldene Glanz der Oktobersonne umarmt uns, – und dies im Februar!
Wir setzten uns zum Tee zusammen.
Ich erzählte, wie Kanzler Schröder in sein Tagebuch geschrieben habe: „Doris ist ja nicht eben eine Leuchte!" und wie die Doris es durch Zufall gelesen habe.
Eine erdachte Geschichte, die aber stimmen könnte.

Ich erfuhr, daß die Tochter von Sonia Prunnbauer 29 Jahre alt ist und Ärztin werden will. Aufgewachsen ist sie allerdings bei ihrem Vater in Hamburg. Ich fand es leicht beklemmend, daß ihre Mutti so viel Gitarre üben mußte, daß sie sich nicht um ihr Kind kümmern konnte oder wollte.
Der Joachim hat die Sonia als junger Mann sehr verehrt, doch er traute sich nicht, sie zu fragen, ob er bei ihr studieren dürfe?
Ihm gefiel ihre simple Art zu unterrichten.
(„Da steht ein Forte – und da ein Pijaaaano - schschsch – ja, sehr gut!")

Nach einer Weile setzten wir uns zum Proben nieder, und zu Beginn sagte der Joachim gleich, daß ihm ganz viel eingefallen sei. Z.B., daß man bei den langen Tönen auch mal langsam spielen solle.

„Verstehst Du, was ich meine?" frug der Joachim freundlich und fügte hinzu, daß er sich ein wenig getrieben gefühlt habe.
Ich lächelte auf eine dünne Art nett, um nicht als neurotisch und unbelehrbar dazustehen, doch tief im Inneren konnte ich mit dieser Aussage nicht viel anfangen, weil sie mir a) zu pauschal schien, und ich b) den Eindruck gehabt hatte, daß *der Joachim* so schnell und haltlos gespielt hatte.
Die Petra saß als „Quell der Inspiration" dabei, und fand´s ganz toll wie wir spielten und probten.

Ich erzählte von meiner Tante Uta, die immer alles machen mußte.
Nach dem Essen hieß es stets: "Die Jungens dürfen sich jetzt ein bißchen ausruhen, und unser gutes Määätschen macht die Küche schön!"

Nach 23 Uhr kam ein Anruf, doch ich war zu spät zum Telefon geeilt.
„Blöder Pfeifton!" hörte man die Stimme vom Onkel Hambum verdrossen sagen, und dann legte er einfach auf.

Freitag, 23. Februar
Aurich - Driever

Im Morgengrauen schneite es.
Dann wurde es reizvoll und sonnig
Bevor der Joachim kam, gewöhnte ich mir an, zur Petra immer „Mädchen" zu sagen, und die Petra zuckte unter dieser arrogäntlichen Anrede regelrecht zusammen.
„Ich hab´s im Gefühl!" sagte ich, „daß ich später eine unerträglich strenge Seniorin werde! Schließlich trage ich die Erbmasse meiner Omi in mir, und das Leben spielt sich in Form eines Vier-Phasen-Kukidents ab, das man in einem Wasserglas auflöst: Zuerst ist man eine gelungene, dann eine ernstzunehmende, im Herbst des Lebens eine bedenkliche und schließlich eine unerträgliche Mischung aus beiden Elternteilen! – So laufen meiner Meinung nach die vier Jahreszeiten des Lebens im Groben ab."
Na, man merkts: Ich geriet ins Philosophieren!

Um 11 Uhr kam der Joachim zu einer etwas diffusen Probe in jenem Sinne, daß man nicht weiß, was man proben soll?
Joachim: „Ich wollte eigentlich ein paar Schlüsse proben!"
Doch teegemäß wurde erstmal Tee getrunken, und ich bat den Joachim, uns Damen als Teeuntermalung

seine beiden Schnaderhüpfl von Fernando Sor vorzuzupfen. Doch der Joachim zierte sich.

(Was soll man nur denken, wenn man mein Tagebuch so liest? Joachim hier. Joachim da.)

Doch zurück zu jenem Moment, als der Joachim sich zierte, vorzuspielen:

„Wenn *Du* nicht spielst, so lassen wir einen anderen Gitarristen zu Wort kommen!" sagte ich, und legte Joachims eigene CD auf. (Ob er wohl gemerkt hat, daß er das selber ist?)

Wir erzählten vom Herrn Prof. Kebab und seiner überkritischen Art - ausgangsmodulierend von der hübschen Nicole, und landeten schließlich bei Doris Schröder-Köpf.

Der Joachim wurde lustig, und fand das alles so unterhaltsam!

Plastisch schilderte ich, wie die Freundinnen die Doris früher immer ganz locker besuchen kommen konnten, doch das geht nun, seitdem die Doris die jüngste Landesmutti aller Zeiten ist, leider nicht mehr.

Jetzt muß man sich anmelden, und sich einen Termin geben lassen.

Dann sitzt man da, führt eine steife Konversation, und ständig schrillt das Händi auf.

„Oh, Hillary!" sagt dann die Doris beispielsweise, „how goes it Bill?" oder, „well…yes…Gerhard? This is a chapter for himself, dear Hillary!"

Ich dichte immer drauflos, und erst dann fällt mir ein, was sich an diesem Tage noch ereignet hat: Daß ich nämlich den Joachim immer so überaus interessiert nach seinen Schwiegereltern Elke & Bert befrug.
Auch heute sei´s ein wenig mühsam mit ihnen gewesen.
„Das wissen wir noch nicht, ob wir heute nach Aurich fahren. Wir geben dir in einer viertel Stunde Bescheid!" imitierte der Joachim mit leicht gespitzten Lippen, wie die Schwiemu, die mit ihren knapp 54 Jahren doch wohl kaum schon zum alten Eisen zu zählen ist, wohl geredet hat.

Dann probten wir los, und einmal lachte der Joachim vergnügt und johlend auf, weil er sich immer gewundert hat, warum das Tempo im zweiten Satz Giuliani so langsam sei, und dabei lag´s doch grad an ihm selber, indem er nämlich nur halb so schnell gezupft hatte! (Doch es passte eh!)

Zur Mittagsstund´ fuhr ich den Joachim über Wiesens nach Holtrop, und die Schwiegereltern wohnen ganz ländlich, so daß man ganz lange auf einem versteckten Weg mitten in der ostfriesischen Natur und Einsamkeit entlangfahren muß.
Mir gefiel es sehr gut, doch immer wenn ich´s laut aussprach, hörte es sich durch die Ohren vom Joachim leicht ironisch an, und wenn ich ihm sag, ich sei nie ironisch, was ja auch stimmt, da Ironie ein

Gewürz ist, das gar nicht zu mir paßt, und mit dem man ohnedies geizen sollte, dann klingt auch das, durch seine Ohren angehört, ironisch!…
Man sagt´s und weiß schon währenddessen:
Gleich lacht er ungläubig auf, und die Worte kommen ganz anders bei ihm an, als sie gemeint sind.

Die Petra klimperte eine E-Mail an ihren Papa, und ich durfte ihr hierzu über die Schulter blicken.
„Liebster zahnloser Papaaaaaah!" stand da gleichsam überschwenglich und ein wenig albern zu lesen.
Herr Wolff bekommt derzeit so nach und nach ein Gebiß, und Petras Eltern heißen „Miemsch" und „Piepsch" und die Petra heißt „Boibi", so wie *meine* Lieben halt bar jeglicher Logik „Buz, Rehlein und Ming" heißen.

Die Petra zupfte zuvor etwas nervtötend auf der Bratsche, und frug, ob´s mich wohl störe, wenn sie ein wenig übe?
Ich hub mit einer Antwort an, und in gewisser Weise sprach der Geist Rehleins aus mir: „Es stört mich, wenn man zupft, oder jaulige Lagenwechsel übt, oder" –
„aber ganz ehrlich?" – sagte die Petra einfach in meine Worte hinein, und dabei war ich doch grade ganz ehrlich und hatte doch schon angefangen auf ehrlichste Weise das Für und Wieder der Aktion Bratscheüben zur Mittagsstund´ zu erörtern.

(Worte wie aus dem Tagebuch des verblichenen Herrn Prof. Hamann.)

Konzert in Driever:
Durch die Sinne von der Petra lernte ich die Familien Gaßmann und Remy so quasi wie neu kennen. Es gab Tee, und sogar die Omi, die vor kurzem noch so schwer krank gewesen war, daß mit ihrem Exitus gerechnet worden war, wackelte wieder herum.

Konzert vor zirka 50 Hörern.
Leider erreichte ich nur etwa 79% meines Könnens, und zuweilen fühlte ich beim Spiel so einen verspannten Ernst auf meinem Gesicht.
In der Pause wärmte ich mich sehr an der Heizung, doch ich fühlte mich im Inneren eher fröstelig.

Frau Kamp, die mit ihrer umgestülpten Tulpenfrisur und der langen Nase, in der ersten Reihe gesessen war, schenkte mir eine Packung Toffifee.

Das postkonzertale gemeinsame Beieinandersitzen bei einer Wurstzipfelsuppe kam mir ein wenig langatmig vor.
Der Joachim ließ sich vollaufen, und vereinzelte Gesten an ihm erinnerten mich an Herrn Reimer: z.B. wie er einen Schluck Wein nimmt und jemandem mit halbgedrehtem Kopf amüsiert anschaut.

Frau Gaßmann schien mir so bezaubernd und anmutig wie eine orientalische Prinzessin.
Immer herzlich und immer am lachen!
Die Antina erzählte, wie sich ihr 5-jähriger Sohn im Urlaub in Baumfalks Isabella verliebt hat.
Doch die spröde Isabella beachtete ihn nie, und der kleine Junge sagte einmal: „Ich fühle mich so leer!"
Dies erinnerte mich an den jungen Ming, und ich liebte Ming unglaublich.

Ich hatte gemeint, ich bezöge mit der Petra ein Doppelzimmer auf Schüler-Landheim-Basis.
Umso schöner, daß mir ein gemütliches Einzelzimmer mit Etagenbett zur Verfügung gestellt wurde.
Vor dem Bettgang in den frühen Morgenstunden bibberte ich vor Kälte, obwohl's eigentlich ganz warm war, doch ich wurde von diffusen, inneren Kältewallungen gepeinigt, von denen ich mir im Duschhäusl eine vorübergehende Linderung erhoffte, auch wenn einem doch wohl klar sein sollte, daß die Pein hernach umso ärger wütet?!
Schließlich legte ich mich oben auf das luftig bezogenen Etagenbett, wo man in sperriger Müh' hinankraxeln mußte, und welches sich für eine Prinzessin auf der Erbse wohl als ein wenig zu weich erweisen würde?

Samstag, 24. Februar
Driever - Aurich

Zuerst schön sonnig, dann wolkenüberzogen.
Abends wurden wieder alle Autos in Maulwurfshügel verwandelt und zugeschneit

Frühstück zu vielt bei der Familie Remy:
Ganz besonders gerne höre ich Geschichten über Elke & Bert Sauer, die Holtroper Schwiegereltern vom Joachim.
„Nomen est Omen!" sagte die Ingrid über den Namen, und erzählte auf ihre anmutige Tempeltänzerinnenart (gewinkelte Arme mir ausgestreckten Handtellern, die sich wie bei einem langsamen Tanz zu bewegen scheinen) wie´s so sei.
Ich lauschte ihr gebannt.
Die Ingrid wurde von ihren Eltern nie so besonders geliebt oder geschätzt, doch als sie zwölf Jahre alt war, wurde ihre Schwester schwerkrank (Leukämie), und wenn die gestorben wäre, dann hätten die Eltern ja bloß noch *sie* als vereinzelte Tochter gehabt, und so wärmten sie sich mit der Ingrid für den Fall der Fälle doch schnell noch an.
Die Schwester wurde wieder gesund, die aufgewärmte Notliebe kühlte wieder ab, und die Eltern schauen jetzt immer angstvoll drauf, was die kleine Edith wohl kaputt machen *könnte*.
Die Ingrid war beim Abschied so warm und sagte in glühender Begeisterung darüber, so viele nette neue

Freunde gefunden zu haben: „Vielen, vielen, vielen….(ganz oft) Dank!"

Die Antina erzählte uns, wie sie mal ganz überwältigt von den schönen Kinderbüchern einen Brief an Astrid Lindgren schrieb, und die über 90-jährige Dichterin schrieb ihr ein Kärtchen mit zittriger Greisenschrift zurück, das die Antina nun wie ein Heiligtum hütet.

Wieder in Aurich:
Anne-Sophie Mutters Interpretation des Glasunow-Konzerts durchzog unser Heim. Als Zugabe erscholl Bachs Sarabande in d-moll, und ich beim Kochen sagte beständig vor mich hin:
"Das geht zu weit, daß sie mir mein Lied stiehlt! Ich lasse mir mein Lied nicht stehlen!"
Dabei liegt die Aufnahme doch schon zwölf Jahre zurück.
Die Anne-Sophie, in einem Mon-chérie-farbenen Kleid, war damals, so wie die „Anuschka" im gleichnamigen Hit von Udo Jürgens, eine junge Braut und wurde bald darauf pralinenartig von Herrn Wunderlich, dem ein spätes, pralles Glück vergönnt war, aus ihrem Korselett geschält…

Ich versuchte, ein kleines bißchen „Üb" in jenen winzigen Speckrand zwischen Sockenende und Hosenbeginn, wenn man sich den Tag in Form eines angewinkelten Herrenbeines vorstellen möge, hineinzuquetschen, und ins Tagebuch wollte ja auch noch geschrieben werden!

Dann kam der Tone zu Besuch, und musizierte mit der Petra an der Bratsche eine Bratschensonate von Brahms.
Ich dachte an Omi Mobbl, und konnte es schon wieder nicht fassen, daß diese Generation passé ist.
Dann spielten Petra und ich ein Haydn-Duo, während der Tone träge auf dem Sofa lag, und die Horoskope in der HÖRZU studierte.
Einmal piepste Tones Händi auf.
Als sei´s der Schickanierungen von OBEN nicht genug, simste irgendein Arsch dem Tone, daß grade die „Frau Jaschke" in N3 zu belachen sei.
Eine Hamburger Komikerin. Ungefähr so „witzig" wie Else Kling in der „Lindenstraße". (Hahahaha).
Mir wurde ganz blümerant davon.
Doch der Tone fand es köstlich, und schaute sich die ganze Sendung an. Gröhliges Gelächter durchzog unser Heim.

Sonntag, 25. Februar

Hi und da Geschnei –
und dann wiederum lachte die Sonne
(belgisch getönt, wie ich es nicht so mag)

Am Morgen fiel mir der Aufstieg schwer, doch ums mit einem Friesen zu sagen: „Wat mut, dat mut!"
Ich mußte die Petra heut nach Leer bringen, und ein bißchen schwebte uns vor, im Bahnhofslokal zu frühstücken, zumal seit gestern abend die Ordnung in Küche und Wohnzimmer außer Kontrolle geraten ist: Ein dumpfes Gemisch aus Sauerkraut und Knoblauch paart sich mit den gelben Blumen der Remys, die leider so nach Mundgeruch muffeln.

„Alles zugeschneit!" rief ich der Petra in leichtem Entsetzen zu.
Unser Anrufbeantworter war nach Art eines Lappens ganz vollgesogen:
Herr Gaßmann bat um Rückruf, weil er gern zum Frühstück kommen würde, wenn´s uns recht wäre?
Und somit rief ich gleich zurück, um zu verkünden, daß wir leider bereits „auf dem Sprunge wären".
Berti Sauer, der Schwiegervater kam an den Apparat, und ich fand, er klang so nett. Ich habe ihn ohnehin recht gern, zumal ich immer das Gefühl habe, die jungen Leute hätten nicht das geringste Gespür und

Verständnis für die Zipperlein und Grillen der Älteren, die sie in zwanzig Jahren doch selber sind!
Na, wenigstens hab´ *ich* ja ein Gespür dafür.
Nach einem kurzen Wortabtausch reichte der Schwiegervater den Hörer dem Joachim weiter.
„Jetzt war ich kompliziert wie die Sauers!" sagte ich zerknirscht. „Ich habe mich von denen anstecken lassen!" - weil ich dem Joachim so wenig Konkretes hab sagen können, daß er hernach womöglich noch unschlauer war als zuvor?
Ich dachte stellvertretend für ihn: "Jetzt will sie erst die Wohnung putzen…und?"
Dann habe ich nach „Sauer-Art" gemeint, jetzt müsse man erst das Auto beschaben – und dabei handelte es sich doch nur um luftigen Pulverschnee, welcher rasch hinweggeputzt war, und nett wär´s jetzt natürlich gewesen, ich hätte die Autos vom Bildschirmschoner gleich mitgeputzt, denn im Hit vom Udo J. heißt´s doch: „Wen kümmert noch des Nachbarns Sorge?"

Dann fuhren Petra und ich ab.
Die Petra knabberte noch ein bißchen daran, daß sie sich von Herrn Gaßmann nicht gescheit verabschiedet habe, und als Frau ist man ja, wenn man einen netten Herrn kennengelernt hat, immer leicht verliebt, und der enthusiastische Herr Gaßmann hätte doch noch so viele Pläne gehabt:
Z.B. wollte er uns Haydn spielen hören.

Ich schlug der Petra vor, daß sie ihm doch nun ständig kleine Briefchen schicken könne. Im ersten stünd' zu lesen:

"Hallo Joachim! Ich find's irgendwie doof, daß wir neulich gar nicht tschüss sagen konnten..." und dann folgen täglich kleine Briefe mit Petras kleinen Sorgen und Kümmernissen,- alle im Stile der "Bravo" und es dauert auch gewiss nicht mehr lange, bis der Satz: "Du Joachim! Du bedeutest mir echt unheimlich viel!" zu lesen steht.

Dann wiederum erzählte ich der Petra, daß es nicht so schlimm sei, daß ich allen Leuten von Linda R.s Liebesbrief erzähle, denn die Linda möchte sich ja einen Ruf als "Femme fatale" aufbauen, weil ihr der Gedanke, in den Köpfen nur als Apothekersfrau und Mutti verzeichnet zu sein, schlicht unerträglich ist.

Einmal, so ich, habe sie Rehlein am Telefon erzählt, wie es zwischen ihr und einem Cellisten aus Riga geknistert habe.

Die beiden standen kurz davor, enthemmt übereinander herzufallen und sich in animalischem Selbstverständnis die Kleider vom Leibe zu reißen!

Vielleicht stak sie mit Buzen mal in einer ähnlichen Situation? mutmaßte Rehlein damals wertungsfrei – etwas, was sie dann aber eher der Frau des Cellisten erzählt hätte oder hat.

Ich erzählte der Petra, daß ich in der "Brigitte" gelesen habe, daß nach eineinhalb Jahren die hormongespeiste Verliebtheit nachlasse, und die Petra kann aus eigener Erfahrung nur sagen: Es stimmt! Etwas, was ich traurig und gut in einem finde. Traurig ist es für einen selber, aber gut ist es wegen der anderen, da man ja nicht ewig verliebt-absorbiert bleiben kann, denn sonst bestünde die Welt ja hauptsächlich aus Verliebten, die vor lauter Verliebtheit gar nicht aus den Augen blicken könnten.

Schon waren wir in Leer, und bestellten uns im Bahnhofsrestaurant ein unerklärlich billiges Frühstück.
Als wir am Tresen standen, sprach mich ein fremder Herr auf das Konzert in Holtrop an.
„Ich wollte eigentlich spanische Flamenco-Gitarre hören!" brummte er leicht enttäuscht, fügte jedoch ein Höflichkeitskompliment zu meinem Violinspiel an.

Zunächst frühstückten Petra und ich und lasen dazu die Zeitung:
Es wurde vermeldet, daß Prinzessin Stephanie von Monaco einen neuen Lover habe: Den Direktor vom Zirkus Knie, der demnächst in Aurich gastiert.
Letzteres jedoch schrieben sie nicht. Das weiß nur ich.
Extra wegen der häßlichen Stephanie verließ der Zirkusdirektor Frau & Sohn!
„Zähmt er die wilde Prinzessin?" frug sich das Blatt.

Dann verabschiedete ich die Petra sehr warm, und schickte mich an, nach Aurich zurückzufahren. Ein letztes Mal sollte ich den Herrn sehen, der unser Konzert besucht hatte: Vor dem Bahnhof wartete er auf den Bus nach Aurich, so daß ich ihn theoretisch zu einer Autofahrt hätte einladen können. Doch ich tat so, als müsse ich woanders hin, denn man weiß schließlich nie, ob sich hinter dem biederen Konzertbesucher nicht vielleicht doch der Würger von Kehl verbirgt?

Im Radio hörte ich etwas Unfaßbares, und bekam direkt eine Kältewallung davon:
In Nordhessen hatte jemand einen tonnenschweren Stein von einer Autobahnbrücke in die Tiefe geschmissen, und eine junge Frau wurde dabei schwer verletzt!
Das Unglück ereignete sich in der Ortschaft „Grebenstein" hieß es weiter…

Am Nachmittag:
In Behagen und Gemütlichkeit gehüllt, saß ich mit dem Joachim im Café Schneckenhaus in Dornum, verspeiste einen warmen Käsekuchen, und der Joachim ließ sich ein Nugattörtchen munden.
„Franziska, du bist sooo lustig!" sagte er warm, fast zärtlich, und freute sich, daß er mich kennengelernt hat.
Es lag in der Luft, daß Frau Münch, wenn sie kommt, seinen Schwiegervater Berti Sauer mitbringt,

der das Programm gern noch einmal hören würde, da er ein Ohr für dererlei habe.
„Den Berti hab ich in mein Herz geschlossen, ohne ihn zu kennen!" verkündete ich warm.

Konzert in Dornum:
Das Publikum war leider überaltert, schwerhörig und lahm – ganz hinten saß verdrossen der Küster und applaudierte nicht mit, weil er sich dafür nicht zuständig fühlte.

Ich stand einsam in einer Kirchennische und schaute auf den zupfenden Joachim drauf, der kleidsam in einen schmucken Frack gestopft eine Komposition von Fernando Sor vor sich hinzupfte, und dazu angespannt die Backen aufblies.
„Das ist doch kein Beruf!" dachte ich.
Statt dererlei zu denken wäre es jedoch unzweifelhaft netter gewesen, dem Joachim hernach nach Art eines Jemandem, der „für den Beruf brennt", jubelnd um den Hals zu fallen und zu sagen: „Das war Musiiik pur!"
Wir bekamen bloß 140 Mark, und der Pfarrer faselte etwas davon, daß er hoffe, es würden noch ein paar CD´s verkauft – doch auf die Idee, selber eine zu kaufen kam er nicht, und es wurde auch keine verkauft.

Nach dem Konzert fuhren wir in Joachims Mercedes heim.

Der warme Joachim wollte noch einen heben gehen, obwohl die Familie doch eigentlich vorhatte, heute noch nach Worpswede zurückzufahren.

Auf der Fahrt durch die Nacht erzählte der Joachim, daß seine Schwiegermutter immer einen Graus davor verspüre, mit der Edith allein zu sein. Aus Angst, die Kleine könne vielleicht heulen oder in die Hose pullern, erfindet sie immer ganz doofe Ausreden, um sich vor dieser, für sie peinsamen Situation zu ducken.

Und doch ist es so, daß Omi Elke, sobald die Familie wieder weg ist, im Freundeskreis und der Nachbarschaft verkünden wird:

"Es war herrlich, mal wieder das Enkelkind da zu haben!" (mit Betonung auf „haben").

Im „Romantico" am späten Abend:
Wir saßen am Fenster, und in der Schwärze der Nacht schnieselte es zart vor sich hin. Alles, was die kleine Edith sagte, klang logisch und akzeptabel, so daß man den Ruhe gebietenden Erziehungshebel nur schwer ansetzen konnte.

Der kleine Schatz hatte eine Frisur wie Annette von Droste-Hülshoff und stak in einem süßen Kleidchen – wunderhübsch anzusehen.

Man hatte sie einfach so auf einen Stuhl gesetzt und hoffte, sie möge mal Ruhe geben.

Doch zuerst beharrte sie auf einen Kindersitz, und dann auf einen Strohhalm, um noch besser trinken zu können.

Die kleine Edith sieht es nicht so gern, daß ihre Mutti raucht.
„Bäh!" sagte sie, als der Qualm zu ihr herüberwehte.

Man hatte den Romantico-Besuch einfach an den Eltern Sauer vorbeigeschmuggelt, und sie im Glauben zurückgelassen, man führe auf dem zügigsten Wege nach Worpswede zurück, um dort ordnungsgemäß das Familienleben fortzusetzen.
Der Ingrid tat es weh, ihre Mami angelogen zu haben, so daß sie den verbotenen Besuch zunächst nicht so richtig genießen konnte, doch der Joachim sagte leise und eindringlich: „Es ist *unser* Leben und nicht ihres!"

Hi und da schneite es auf, und dann beruhigte es sich auch wieder.
Jetzt fahren sie nach Worpswede, und wer weiß, wann wir uns wiedersehen?

Montag, 26. Februar

Schneeverkrustet. Mal sonnig, mal herbe

Weil´s so viel zu bedenken gab, stellte ich mir nach Art eines geistigen „Hilfsrädchens" Omi Ella vor, die mich, kleingeklickt auf meinem Schulterblatte, puschte und scheuchte, und nannte mich somit selber ganz oft „Mädchen".

Die Glühbirne in Buzens Zimmer mußte ausgewechselt werden, und als ich dann das Auto schabte, dachte ich mir aus, wie ärgerlich es wäre, wenn ich endlich fertig bin und feststellen muß, daß ich ein fremdes Auto beschabt habe!

Telefonat mit Frau Münch:
Die Frau in dem ausrangierten Gehäuse, wo´s leider hinten und vorne zwackt, muß zwei Tage lang abtauchen. Nämlich zur jährlichen Jahresdarmspiegelung ins Emder Krankenhaus.
Zu diesem Behufe mußte sie heut schon fünf Liter abscheulich schmeckender Flüssigkeit trinken.

Frau Münch leidet unter Mangelerscheinungen, da der Körper nichts behält! Trotzdem strahlt sie nach Außen hin einen rustikalen, unverdrossenen Optimismus aus.
Nach der Darmspiegelung, die unter Narkose durchgeführt wird, und eine zweitägige Lethargie nach sich zu ziehen pflegt, wird sie von ihren wahren Freunden, den Sauers, wieder abgeholt, und zum Gesunden ins heimische Bett verfrachtet…

Einmal rief Herr Gaßmann an, doch ich hebe den Hörer nur selten ab – (höchstens wenn Buz anruft, der ja mein Vater ist) – und hörte mir somit von Außen an, was er zu erzählen hatte.
Herr Gaßmann klang wieder so bezaubernd warm und nett als spräche er mit Frau und Töchterlein.

Seine Worte hörten sich zärtlich, und fast leicht verliebt an.

Einmal klingelte es an der Türe, und ich erschrak.
Ein Vertreter war´s, der mir eine Versicherung aufschwatzen wollte. Doch ich lehnte das Angebot ab, da ich nie etwas Prophylaktisches mache. „Ich kaufe mir noch nicht einmal einen Regenschirm!" erzählte ich lachend. „Das wird noch ein bitteres Ende nehmen – doch leider bin ich ein Vogel-Strauß-Typus."
Der Herr zog wieder ab, und von oben konnte ich beobachten, wie er nun bei Runges klingelte, um sein Glück anderweitig zu versuchen.
Herr Runge war soeben müde von der Arbeit im Auto vorgefahren, und mußte nun eigenäugig mit ansehen, wie sich ein fremder Herr zu seiner Frau schlich!

Die Omi rief ich auch noch an, doch es nervte mich leicht: Zwiefach hieß sie mich „Mädchen", und stak altersgrämlich auf der B-Seite.
Immer versuche ich, meine Oma packend zu unterhalten, und sie sagt bloß:
„..und??? Nichts Neues, Mädchen???" so als würde ich wie ein ganz normales Frauenzimmer vielleicht gesagt haben:
„Hals und Beinbruch, Omi! Halt die Ohren steif! Ich soll Dich übrigens herzlich von….grüßen! grüß mir bitte die Kionczyks! „….?"

„die Kionczyks!" ? .. Die Kion- czyks!!!

…ja, die Kionczyks….sagst Du auch der Frau Wyss bitte einen lieben Gruß von uns allen? Gehab Dich mal wohl! Das packst Du schon…."

Dienstag, 27. Februar

Sonnig-licht aber arschkalt

Am Morgen beschabte ich in kaltem Sonnenscheine mein zugeeistes Auto, und malte mir dazu aus, *wie´s so wäre, auf „gut Glück" mit den undurchsichtigen Fensterscheiben zu fahren.*
An der Ampel klopft ein Polizist an die Scheiben und frägt streng: "Können Sie DADURCH sehen???"
„Ja" sage ich so wie ein Kind.
„Aber mich haben Sie eben nicht winken sehen!" hakt der Polizist nach.
„Doch" sage ich.
Beim Schaben bekam ich dann – so, als sei´s in Sibirien – vor Kälte regelrecht schmerzend Hände.

Daheim lag eine Parte im Briefkasten:
Allerdings nur mit einem grauen Rand, was bedeutet, daß sich Schmerz und Trauer in einer Art schwer fassbaren Grauzone befinden.
Die Schrift ließ es bereits erahnen: Frau Heike hat´s erwischt!
Folgendes las man:

Brigitte Eschmann-Heike geb. am 4. 5. 1944 in Köln ist am 23.2.2001 nach langer Krankheit zuhause gestorben.
Es war ihr Wunsch, eingeäschert und auf See bestattet zu werden.

Von Beileidsbezeugungen bitten wir abzusehen.
Georg Heike und Tonya Eschmann

Nüchterne Worte, könnte man zunächst denken und doch erfühlt man beim tieferen Nachdenken grad in der Kahl- und Schlichtheit dieser Zeilen die passende Tiefe.

Mein erster Impuls war´s, trotzdem zu schreiben: "…ich weiß zwar, daß Ihr keine Beileidsbezeugungen hören oder lesen wollt, und dieser Brief ist auch gar nicht als Beileidsbezeugung gedacht sondern vielleicht eher als Beierleichterungsbezeugung, denn die arme Brigitte hat nun ausgelitten.." formierte sich bereits eine erste briefliche Rohfassung in meinem Gehirn.

Doch alle Worte, die man vielleicht aus allen verschiedenen Windrichtungen der Gefühle zusammenklaubt, vermögen meine wahren Empfindungen, die wie ein Vexierbild ständig hin und herschwanken, nicht einzufangen.

Zunächst stellte ich mir die frühjahrsputzartige Leere in der ohnedies kneippigen Wohnung vor, doch am Nachmittag freundete ich mich mit dem Gedanken an, daß sie verstorben ist…ihren ewigen Frieden gefunden zu haben, und das Gefühl aus der gebeutelten Hülle in die Freiheit hinausentwichen zu sein, muß ungeheuerlich sein.

Dann wiederum mußte ich aber auch denken, daß nach Einäscherung und Seebestattung nicht mehr viel von ihr übrig sei – nicht einmal ein Grabstein.

Es ist, als habe es sie nie gegeben.
Ich erwog, Herrn Heike anzurufen, um zu fragen, ob ich nicht doch einen Beileidsbrief schreiben dürfe?
Immer hat Herr Heike sehnsüchtig auf Post von mir gewartet – und nun das!
„Ich möchte ganz viel Beileid bekunden!" könnte ich sagen.

Ich schaute eine Sendung vom Pfarrer Fliege mit dem Titel „Kommissare erzählen – mein spannendster Fall", und der Fliege nervte wie alle Tage mit seinen dümmlichen, störenden Zwischenfragen.
Z.B. "..Ist das dann so, als nähme man Witterung auf?" (Dazu machte er eine alberne Schnuppergeste mit der Nase) oder
„Wie ist das so, wenn man sich als Kommissarin vorstellt? Schauen die Leute dann erst mal doof aus der Wäsche, oder wie?"
Die Kommissarin erzählte spannend von einem Musikschulmord an einem zehnjährigen Mädchen.
Der Hausmeister war´s!
Als sie in fesselnden Worten die Verwinkelungen des Falles schildern wollte, und alle Sensationshungrigen und Kriminalfreunde interessiert die Ohren spitzten, sagte der Fliege einfach:
"Wollen wir gar nicht wissen…." um sich vor dem Millionenpublikum als Hochsensiblen darzustellen.

Direkt neben der Buchhandlung Kortmann begegnete ich Musikschulleiter Seibold und seiner neuen Frau (es ist die dritte binnen kürzestem), die ich nur flüchtig kenne, die mich jedoch sehr freundlich anlächelte.
Ich grüßte liebevoll, freundlich und nett, während der Seibold leider stets fast wolfram-dietrichs-artig zurückhaltend zu grüßen pflegt, weil er mich wahrscheinlich einfach nicht ertragen kann, und davon ausgeht, daß ich mich für wunder weiß was Großartiges halte...
Und doch verhielt er sich so abweisend, daß es wahrscheinlich weiter in ihm knabberte.
Und so trugen wir uns gegenseitig in Gedanken eine Weile auf unserem Lebenspfade weiter.
D.h. wir standen jetzt beide im Laden, und ich wußte: Hier in diesem Laden wird an Gedanken über mich herumgebrütet.

In der Reisebürostraße dachte ich über Mings Klavierlehrer Herrn Hellwig nach:
Wie unwahrscheinlich und geradezu ausgeschlossen es doch sei, daß er in mein Konzert nach Berlin kommt.
Und wenn wir bitten und flehen: „Herr Hellwig, wenn Sie kämen, so würden wir uns nie mehr im Leben etwas von Ihnen wünschen! Lassen Sie doch *einmal* Ihre Beamtenbehäbigkeit hinter sich!" ???
„Ich muß verrückt sein", murmelt der Hellwig, als er das Auto rückwärts aus der Garage hinausmanövriert.

Doch im Konzert packen den Hellwig bis dato nicht gekannte Gefühle.
Ihm geht's ein bißchen so wie mir mit meiner Franck-Symphonie, und er spürt, wie sich seine Augen mit Tränen füllen.
Was danach passiert böte Stoff für einen Roman von Georges Simenon:
Der Hellwig verfällt mir peu a peu immer mehr, und kann nichts mehr dagegen machen.

Dann traf ich den Seibold in der Buchhandlung Kortmann erneut:
Zuerst tat er so, als sähe er mich nicht, und dabei sah er mich sehr wohl. Man hat nämlich noch so etwas wie einen sechsten Sinn, wie der Reife weiß…
Ein Zwillingsbuggi stand im Laden, und einer der Zwillinge sagte so nett: "Halloo!" zum Seibold.
„Hallo!" sagte auch der Seibold erfreut.
Hernach gab ich mich Gedankenspielereien hin, wie ich zum Seibold hätte sagen können:
„Herr Seibold! Ich habe gerade über Sie nachgedacht. Wollen Sie wissen, was ich gedacht habe?"
„Lieber nicht!" sagt der Seibold vielleicht erschrocken, und dann könnte man entweder sagen: „Gut, dann nicht!" (Etwas was den Seibold später reuen würde) oder: „Ich habe sehr liebevoll an Sie gedacht…"
Das hat noch niemand zu ihm gesagt.
Dann war ich wieder daheim.

Ich rief den Onkel Eberhard an, um zu verkünden, daß ich demnächst ein Konzert in Berlin spiele.
Der Onkel, der uns gestern so rührend auf den Anrufbeantworter gesprochen hat, hörte sich gestresst und verdrossen an, und dramatisierte mich bzgl. „drmuddr" an, die siebenmal gestürzt sei.

Telefonat mit Ming.
Zu meinem Konzert in Berlin kann auch er nicht kommen, da derzeit die Schule in seinem Leben absolute Priorität genießt.
Ich war aber trotzdem gut gelaunt, weil's mich so inspiriert hatte, für Reh-, Dölein und Ming meine Memorien niederzutippen.

Mittwoch, 28. Februar

Zunächst streng. Schließlich sonnig, dann bewölkt

In der Zeitung konnte man lesen, daß das Mordduo Wienekamp/Buß den Mord an dem verschwundenen jungen Herrn nun doch gestanden hat.
Der junge Mann mußte wegen ein paar Spirituosen in seinem Rucksack sterben. Doch wo die Leiche vergraben ist, sagten sie nicht, denn damit wiederum wollten sie der Polizei nicht helfen.

Telefonat mit dem süßen Buz:

Buz als Ehemann wird gelegentlich in Ofenbach erwartet, möchte aber lieber mit Rehlein eine schöne Reise zu zweit unternehmen, weil´s ihm vor dem grämlichen Opa und der ewigen Haushaltskrümelei graust.

Dann sprachen wir vom Zirkus Knie, der bald in Aurich gastiert, und der bildbelesene Buz wußte gleich brühwarm zu berichten, daß die Stephanie mit dem Direktor liiert ist.

„Die kommt!" sagte Buz mit einer gewissen Leuchtkraft, die an Johannes den Täufer auf dem Gemälde im Louvre erinnerte, und weil´s der simple Auricher in ihm nicht fassen konnte. „Wollen wir wetten??"

Über die verstorbene Frau Heike, die uns allen einen Schritt vorausgegangen ist, sprachen wir auch.

Ich selber fuhr nach Emden, und besuchte meine neue Freundin Theda Adam, die mir heut das „Du" antrug.

Vor Aufregung färbte sie sich ganz rosa ein und fügte bang ein: „..oder ist das unpassend?" hinzu.

„Das ist ganz und gar unmöglich!" sagte ich, doch dann lachte ich – da dies ein kleiner Scherz sein sollte.

Herrn Adam bekam ich nur in Form eines sehr netten Fotos auf der Fotowand zu Gesicht.

Ich fühlte eine große innere Liebe zu Herrn Adam und vermisste ihn schmerzlich. Andererseits hatte ich schon ein wenig mit mir abgemacht, daß, wenn

die Rede auf Herrn Adams scheinbar unlogisches Verhalten käme, ich wie folgt argumentieren wolle:
"Wenn in unserem Haus eine Rumänenbande einbräche, so würde ich womöglich bis an mein Lebensende alle Rumänen hassen, und wäre durch keine logische Argumentation davon abzubringen!"
Und so erging´s Herrn Adam nun mit den Musikanten.
(Im Grunde erschreckend – doch genauso funktioniert die menschliche Logik.)

Frau Adams kleines Töchterlein Christine freute sich auf ihre Freundin Rieke.
Musik interessiert sie kaum, und am liebsten zankt und schreibt sie.
Nämlich Liebesbriefe. (An ihre Freundin Rieke).
Einmal erschien der kleine Martin, und bat seine Mutti, ihm den Po zu wischen.
„Hallo", wie ihm geheißen, hat er aber nicht sagen mögen, weil er in einem Alter steckt, wo einem Höflichkeiten peinlich sind.

Ich erfuhr, daß Frau Adams Schwester sich nach 21 Jahren von ihrem Mann trennt, und nun hier in die Nachbarschaft zieht! Eine Riesenfreude für Frau Adam, die ihre Schwester sehr liebt, und sie am liebsten immer um sich hätte.
Die Eltern von Frau Adam trennten sich schon vor über 20 Jahren.

Ihr Vater zog nach Süddeutschland, und sie sah ihn nie wieder...
"Dann könnte ich doch mal dort klingeln und sagen, ich sei die Theda!" scherzte ich.

Als es dunkelte, fuhr ich heim.
Beim „Howo", einem Markt wo es alles gibt, und wo sich doch alles was man sucht erst in letzter Sekunde findet, kaufte ich ein paar Schnürsenkel.
Auch gab es dort allerlei Unnötigkeiten zu kaufen, wie beispielsweise Musikanten zum Aufstellen aus Ton.
Ich frug mich, ob Frau Adam vielleicht sehr neben ihrem Manne herlebt?
Sie liebt es einzukaufen, und dafür braucht man einen gutverdienenden Mann, den man sich warmhalten sollte.

Abends kochte ich Buzen ein leckeres marokkanisches Essen. D.h. „marokkanisch hat´s bloß ausgeschaut, da das leuchtende Gemüse vom Chinoa verschüttet war, und nur sporadisch hervorleuchtete.

Dann tat mir Herr Heike plötzlich so leid.
Der Satz: „Ich würde Sie gerne mal besuchen und Ihnen meine neue Geige zeigen" den er mir mal geschrieben hat, bekam eine völlig neue Gewichtung, und wieder zeigte sich der hohe Wahrheitsgehalt in Mutti Pickers Worten: Daß man nämlich wie ein

Engel durch´s Leben schweben sollte… Sicher hatte Herrn Heike damals ein begeistertes „Au ja!" von meinen Lippen gefehlt?

Am Abend schwappte so allerlei zusammen:
Buz wurde ganz bleich, als in den Nachrichten vermeldet wurde, daß die Gegend um Seattle herum von einem Erdbeben verwüstet worden war.
Verzweifelt versuchten wir die Tante Bea anzurufen.
Ich bemühte das Internet und fischte alle E-mails aus dem Sumpf der Unendlichkeit. Rührend war, daß die Tante Bea uns gerade vor einigen Stunden eine E-mail geschickt hatte, und ich bekam große Angst, dies sei womöglich das letzte Lebenszeichen gewesen?
Dann erreichten wir den Onkel Jesse aber doch.
Er war recht lustig, und berichtete fröhlich wie ein Kind, daß das Haus gewackelt habe.
Und ich sagte in meinem rudimentären Kanackenenglisch Dinge wie: „..and all your neighbors are dead?" und: „Now we know, that there is a LORD in heaven!"
Worte, die eine dicke Amerikanerin einmal gesagt hat, nachdem bei einem Busunglück zwanzig Kinder ums Leben gekommen waren, sie jedoch wie durch ein Wunder verschont blieb.

Und weiter geht´s im nächsten Band:
Erscheint am 23. November 2020

Personenregister:

Abel, Heidi, Schülerin Buzens (*1976)
Adam, Herr & Frau, Anwaltsfamilie in Emden (Vati Matthias *1954, Mutti Theda (' 1964) Christine (*1992) und Martin (*1993)
Andreas, Herr und Frau, reifes Ehepaar in Grebenstein. (Heinrich *um 1922, Elisabeth*1926)
Antina, liebe Freundin in Driever/Ostfriesland (*1964)
Antje, meine Lieblingstante in Bonn, wenn auch leider keine leibliche (*1939)
Arno, (*1965) Herr aus Hamburg. Ex von meiner Freundin Ute
Bastian, Herr & Frau, Eheleute im Rentenalter in Aurich
Bea(te), Tante, (*1943) Tante mütterlicherseits in Kalifornien
Beatrice, Sängerin (*1968)
Bloser, Herr, mein Klavierlehrer in Trossingen (*1947)
Bodo, Omis Neffe (*1940)
Buz, (*1938) unser Vater
Christiane, (*1965) Dentistengattin in Aurich
Christoph, Klavierschüler Buzens (*1992)
Christoph-Otto, Cellist und lieber Freund der Familie (*1965)
Daaje, (*1994) älteste Tochter von Mings Exe Gerswind
Dan, Paul, (*1944) Nachbar in Japan, Spezi Buzens heute Klavierprofessor in Mannheim
Debbie, (*1953) Frau von unserem Onkel Dölein in Amerika
Dölein, (*1936) Onkel mütterlicherseits in Amerika
Doro, (*1967) eine alte und aufgewärmte Liebe von unserem Vetter Friedel
Eberhard, (*1947) Onkel väterlicherseits in Berlin
Edith, (*1942) die Dame im Hause gegenüber in Grebenstein
Edith, (*1998) kleines Töchterlein von meinem Gitarristen Herrn Gaßmann
Ella, Omi väterlicherseits in Grebenstein (*1913)
Ella, Omis Patentochter (*um 1936)
Esslinger-Opa, (1876 – 1956) Rehleins Opa väterlicherseits
Evchen, (*1959) Arbeitskollegin von Omi Ella
Feli, (*1996) älteste Tochter von meiner Freundin Ute
Florian, (*1987) Geigen- und Klavierschüler Buzens
Friedel, (*1962) mein Lieblingsvetter in Bonn
Gaßmanns, kleine Familie in Worpswede. Vati Joachim (*1953), Mutti Ingrid (*1970) Töchterchen Edith (*1998)

Gerswind, Exe Mings (*1964)
Gesine, (*1996) zweite Tochter von Mings Exe
Golischewski, Frank, (*1960) Kabarettist und Mieter unter mir in Trossingen
Gregor, Cellist (*1962)
Gunnar, (*1966) Student Buzens
Gustavo, (*1966) Klavierstudent in Trossingen
Hamann, Prof., (1935 – 2000) Celloprofessor in Trossingen
Hans-Jürgen, (*1949) Apotheker
Hartmut, (*1945) Onkel väterlicherseits
Heifetz, Jascha, (1901 – 1987) weltberühmter Geiger und Idol Buzens
Heike, befreundetes Ehepaar: Georg (*1933) und Brigitte (*1944 – 2001)
Heiko, (*1961) liebster Freund der Familie
Heiner, (*1962) Vetter in Bonn
Hellwig, Prof., ("der Hagelhans") Mings Klavierlehrer in Berlin (*um 1944?)
Herberger, Herr, ehem. Orchesterkollege Buzens, der sich später selber zum Komponisten umschulte (*1908)
Herwig, (*1963) Cellist aus Wien
Hess, Sebastian, (*1970) Cellist ("der Wirbelwind")
Hikaru, japanischer Posaunenstudent und Nachbar in Trossingen. (Geburtsjahr unbekannt.)
Hilde, Exe Buzens (*1964)
Hubert, (*1961) Ehemann von meiner lieben Freundin Ute B. in Rottweil
Ingrid, s. Familie Gaßmann
Irma, Rehleins angeheiratete Tante in Kiel (*1937)
Isabella, Töchterlein von unserem Freund Heiko
Jesse, (*1946) zweiter Ehemann von der Tante Bea in Übersee
Joachim, s. Familie Gaßmann
Johannes, (*1993) Söhnchen von unserem Freund Heiko
Jones, Arthur, Romanfigur aus dem Buch "Dämon hinter Spitzenstores" von Ruth Rendell
Jörg, (*1964) Zahnarzt in Aurich
Kebap, Professor, (*1953) Musikgeschichtsprofes-sor in Trossingen
Kehrwald, Frau, (*1947) Freundin aus Basel
Kionczyks, Familie im Hause gegenüber in Grebenstein. Besteht strenggenommen nur au seiner Person: Frau Kionczyk (*1919), doch man nimmt ihre Tochter Edith dazu (s. Edith)

Kläuschen, (*1934) dritter Ehemann von unserer Lieblingstante Antje
Klein, Frau, Pfarrgattin in Grebenstein (*1937)
Linda R., (*1961) liebeshungrige Dame in Ostfriesland
Luisa, hübsche junge Dame aus Azrich (*1980)
Martin, (*1964) Ehemann von unserer lieben Freundin Ute M. in Herrenberg
Martin, (*1993) s. Familie Adam
Meyer, Theda, (*1935) unsere Zugehfrau in Aurich
Ming, (*1964) mein Bruder
Mireille, (*1966) halbjapanische Freundin aus Frankfurt
Mobbl, (1910-1999) Omi mütterlicherseits
Moni, (*1964) Ehefrau von unserem Freund Heiko in Aurich
Münch, Frau, (*1943) meine Sekretärin in Aurich
Nakariakow, Sergei, (*1977) Trompetenspieler
Nebelsiek, Frau, (*1943) Freundin und entfernte Verwandte in Veckerhagen
Nicole, (*1971) Studentin Buzens und Schwarm Mings
Nowack, Omi, (1936 – 1997) Schwiegermutter von meiner Freundin Ute B. in Rottweil
Omar, (*1972) Mann von Buzens Exe Hilde
Opa, (*1909) Opa mütterlicherseits
Pergamenschikow, Boris (*1948) Celloprofessor aus Köln
Peter, (*1969) Sohn von der Musikschulsekretärin Frau Saathoff
Petra, (*1971) Studentin Buzens
Poppingers, befreundete Eheleute in Ofenbach (Gerhard *1943 und Renate *1959)
Prunnbauer, Sonja, (*1948) Gitarrenprofessorin in Freiburg
Rainer, (*1934) Onkel mütterlicherseits
Reimer, Herr, (*1941) Direktor in Trossingen
Riffi, (*1978) Sohn von meiner Tante Bea in Kalifornien
Rosalie, (*1999) zweite Tochter von meiner lieben Freundin Ute B.
Rose, Herr, (*1932) Herr in Grebenstein
Runge, Herr und Frau, Lehrerehepaar im Haus gegenüber in Aurich
Saathoff, Frau, (*1934) ehem. Musikschulsekretärin in Aurich
Sauer, Berti & Elke, Schwiegereltern von meinem Gitarristen, Herrn Gaßmann (Er *1945, Sie *1946)
Schmid, Benni, berühmter Violinist (*1968)
Schmökel, Frank, Verbrecher (*1962)

Schröder, Herr und Frau, Nachbarn und Vermieter in Gebenstein (geb. Je um 1952)
Schröder-Köpf, Doris, (*1963) Kanzlergattin
Schüt, Herr, (*1917) väterlicher Freund Buzens
Sebastian, (*um 1986) Sohn von Omis Neffen Bodo
Sebastian, (*1991) Klavierschüler Buzens
Seibl, Frau, (*1947) Klavierspielerin in Ostfriesland
Seibold, (*1943) Musikschulleiter
Stephanie, (*1973) junge Arbeitnehmerin im Hause gegenüber
Tone, (*1962) lieber Freund in Ostfriesland
Tosch, Frau, (1909 – 1983) liebe alte Dame in Aurich
Uroma, Rehlein Oma mütterlicherseits (1886 – 1969)
Uschilein, (*1946) Exe vom Onkel Eberhard
Uta, (*1936) Tante väterlicherseits
Ute B., (*1966) liebe Freundin in Rottweil
Ute M., (*1963) liebe Freundin in Herrenberg
Vitzthum, Eheleute in Ofenbach (Georg *1936 und Cornelia *1947)
Viescha, polnische Ehefrau von Omis Neffen Bodo (Geburtsjahr unbekannt)
Weißer, Frau, (1942 – 2000) verstorbene Musikhochschulsekretärin in Trossingen
Wyss, Frau, (*1940) Omis Helferin in Grebenstein
Yildriz, Prof., türkischer Violinprofessor in Trossingen (Geburtsjahr unbekannt)
Yussuf, (*1999) Erstling von Buzens Exe Hilde
Zachow, Frau, (1904 – 1988) alte Frau in Aurich, die heute nur noch in der Erinnerung und in Form eines Grabsteines existiert